Biblioteca Umoristica Mondadori

Daniele Luttazzi

BARRACUDA

(Appiattire dopo l'uso)

MONDADORI

Dello stesso autore

Nella collezione Biblioteca umoristica Mondadori
Cosmico!

Il nostro indirizzo Internet è:
http://www.mondadori.com/libri

ISBN 88-04-45850-X

I edizione maggio 1999

Indice

Barracuda

Questo libro è dedicato a Billo,
il bracchetto pezzato che un giorno
morì per salvarmi la vita

Introduzione

Questo è un libro pratico di buone maniere per la gente indaffarata di oggi. Esso esplora molto di ciò che una persona beneducata ha bisogno di sapere sulla condotta della sua vita quotidiana. Qui c'è tanto per la donna di casa, per chi si occupa d'affari e per i giovani.

Siamo nel pieno di una rivoluzione sociale. Le consuetudini stanno cambiando, ma la necessità primaria di comportamenti educati è rimasta immutata. Le buone maniere sono le regole del traffico della società in generale. Senza di esse, la vita sarebbe un caos, gli esseri umani insopportabili l'uno con l'altro.

Conoscere le buone maniere ci mette a nostro agio con noi stessi e con gli altri, accresce la nostra sicurezza e anche la nostra capacità di aiutare il prossimo a raggiungere il prestigio sociale. Le buone maniere sono il rispetto degli altri in relazione ai loro sentimenti, alla loro sicurezza, alla loro privacy e ai loro diritti e privilegi. Le buone maniere sono, dopotutto, nient'altro che una combinazione di gentilezza e di efficienza.

Questo almeno vale per noi serbi. Gli altri facciamoli fuori tutti.

Slobodan Milošević

Presigla

Benvenuti a Barracuda*, il programma che è come qualcosa.*
Sono Daniele Luttazzi, il vostro ospite per questa sera.
Ma, prima di cominciare, un annuncio: in questa puntata,
la mia parte verrà interpretata da Kim Rossi Stuart.
Col quale spesso vengo confuso.

1

Una volta un funzionario RAI mi disse che c'erano alcuni temi tabù sui quali mi era proibito fare battute in televisione. Gli chiesi quali fossero. E lui: «Sai benissimo quali sono, Luttazzi. Sono i cinque temi tabù sui quali non è consentito fare battute in televisione». Non ne sapevo niente. Cominciò a contare con le dita. «Sono la religione, il capo dello Stato, gli handicap fisici, le razze diverse e l'omosessualità.» «Grazie» gli dissi. «La prossima volta che capiterò in tv, in uno show tutto mio, in diretta, la prima battuta che farò sarà: "Cristo d'un Dio!" dice Scalfaro "quello zoppo d'un negro è una checca!".»

2

Sono fatto alla vecchia maniera. I tempi sono cambiati troppo in fretta per me. Orge ovunque, gente nuda in luoghi pubblici, sesso che non ha più significato di una stretta di mano per strada. Chiamatemi tradizionalista, ma queste cose mi mancano.

3

Mia madre mi diceva sempre che da grande sarei potuto diventare chi volevo, grazie al mio talento. E quando le chiedevo: «Per esempio?», lei rispondeva: «Oh, fai troppe domande, per un pappone».

4

La mia maestra mi bocciò in quarta elementare. Io allora la licenziai. L'anno seguente tornai a scuola, lei era ancora lì. Non riuscivo a crederci. «Ehi, pupa! Ti ho *licenziato*!»

5

Le cose che uno ricorda di più sono i piccoli accadimenti della vita quotidiana. Per esempio, quella volta in cui un minuscolo alieno folgorò con la sua pistola a raggi gamma il coccodrillo che era dentro il mio water. Da dove era venuto il coccodrillo? È una storia troppo lunga da raccontare. Ancora oggi faccio fatica a crederci. Me ne stavo seduto in salotto a trasformare la normalità in feticcio, quando a un certo punto sento questo rumore strano. Mi volto e sapete una cosa? È una storia troppo lunga da raccontare. Magari un giorno ve la racconterò. No, non ve la racconterò. Peccato, perché era una bella storia.

6

Da piccolo, quando i miei ci portavano a fare una gita con la Seicento, mi piaceva sporgere la testa fuori dal finestrino e sbatterla contro la testa dei cani che si sporgevano dalle auto che incrociavamo. Non mi facevo niente. Sporgevo la testa di mio fratello.

7

Un giorno chiesi a mio padre se mi comprava il motorino. «No, perché costa troppo ed è pericoloso» rispose lui. Io allora andai al concessionario, dove mi dissero che il motorino non costava troppo né era così pericoloso. Non ho mai perdonato a mio padre di avermi mentito.

8

Non credo di aver ricevuto tanto amore nella mia infanzia. E non solo dai miei genitori. Anche dagli insetti.

9

La Pasqua più bella che abbia mai festeggiato è stata quando non avevamo neppure l'uovo di cioccolato. Mamma e papà chiamarono in cucina me, mia sorella e mio fratello e ci spiegarono che papà era stato licenziato e così non potevamo permetterci un uovo di Pasqua. Mangiammo delle fettine di fegato, pane abbrustolito, qualche chicco d'uva e ci accontentammo. Più tardi salii nella camera di mamma e papà per ringraziarli e li sorpresi che stavano mangiando un piccolo uovo di Pasqua. E questa è stata la Pasqua più bella che abbia mai festeggiato.

10

Un giorno entrai in un bar e chiesi: «Vorrei quel cornetto alla crema». Il barista me lo indicò: «Questo?». «No, quello dietro» risposi io. «Questo con la glassa gialla?» «È giallo, ma non quello. Quello dietro.» «Vuoi dire la maniglia?» Solo allora mi accorsi che non era un cornetto, era la maniglia dell'espositore; ma siccome non volevo fare la figura del cretino dissi: «Sì, voglio quello». Mi costò trentamila lire far togliere quella maniglia. Il giorno dopo sono tornato e ne ho chiesta un'altra.

11

Quando avevo sette anni il mio amico Oscar Sancisi mi promise che mi avrebbe dato un milione di lire se mi fossi mangiato un lombrico. Mi mangiai il lombrico, ma lui si rifiutò di pagarmi perché s'era accorto che mi era piaciuto.

12

Non c'è molto da sapere su come succhiare un lombrico. Ci sono centocinquantadue modi diversi. E vanno tutti bene. Almeno per me.

13

Ho letto la Bibbia. Dio non ci fa una bella figura.

14

Nel nostro giardino cresceva un albero che faceva dei cachi dolcissimi. Mio padre non voleva che li raccogliessimo. Finì che qualcuno, un giorno, distrusse a martellate tutti i cachi sull'albero. Credo sia stato il nostro criceto.

15

Mi piace guardare le nuvole. Mi piace guardare le nuvole e pensare che siano persone. Mi piace guardare le nuvole, pensare che siano persone e immaginare di strangolarle.

16

Non ho bisogno del telefonino. Sto sempre vicino a tutti quelli che conosco.

17

Avete presente quando vi mettete il cappotto dopo un anno che non lo mettevate più, infilate una mano in tasca e ci trovate diecimila lire? Ieri mi sono messo questo cappotto dopo un anno che non lo mettevo più. Infilo la mano in tasca, e cosa ci trovo? Un tramezzino al formaggio. E dentro c'erano diecimila lire.

18

Ho sciato due sole volte in vita mia. Una volta da piccolo quando avevo tre anni. L'altra alle ultime olimpiadi.

19

Odio fare ginnastica. Due anni fa ho comprato uno di quegli estensori per fare body building. Mai aperta la scatola. Ci voleva troppa forza.

20

Qualche mese fa mi sono entrati i ladri in casa. Hanno rubato tutti i mobili e li hanno sostituiti con repliche esatte. Telefono a un amico per dirglielo, e lui mi fa: «Ti conosco?».

21

Sto facendo il giudice popolare in un caso bizzarro. Sedicimila formiche travestite da chicchi di riso hanno rapinato un ristorante cinese. Non credo siano state loro.

22

Ho una mia teoria dell'evoluzione. Darwin è stato violentato.

23

A volte mi prude il cervello. Sento prurito al cervello. Per grattarmi penso alla carta vetrata.

24

Ieri in metropolitana mi si avvicina un tizio e mi fa: «Sono stato in galera. Vuoi sapere perché?». «Non proprio.» «Sono stato in galera perché ho spinto un perfetto sconosciuto sulle rotaie della metropolitana.» Gli ho detto: «Sì, mi ricordo di te».

25

La mia dentista è bellissima. Quando vado a fare la pulizia dei denti, prima mangio un intero scatolone di Mars. A volte deve cancellare tutti gli altri appuntamenti.

26

Entro con questo vecchio in ascensore. Gli faccio: «Dove va?». E lui: «Cesena». Così pigio *Cesena*.

27

Affitto un monolocale. C'era un interruttore sul muro che non faceva nulla. Ogni tanto lo accendevo e lo spegnevo. Nulla. Un anno dopo ricevo una cartolina da una donna in Germania. C'è scritto: «Piantala!».

28

Più intelligente è un essere vivente, più è difficile mangiarlo. Gli scienziati hanno scoperto che il carciofo è del 22 per cento più intelligente del tacchino. Per questo è giusto mangiare il tacchino. E non è giusto mangiare Norberto Bobbio o Umberto Eco. D'altra parte, se Dio non avesse voluto che mangiassimo gli animali, perché li avrebbe fatti di carne?

29

Mio nonno ha ottantotto anni. E li porta abbastanza bene, per un eroinomane.

30

Da piccoli eravamo molto poveri. Ci siamo mangiati una delle mie sorelle.

31

Sono stato a Jesolo. Sembra Riccione. È più Riccione di Riccione. Sei sul viale di Jesolo: stessi alberghi di Riccione, stessi negozi di Riccione, stesse insegne di Riccione. *Zimmer. Eis. Arbeit macht frei.* A un certo punto incontro un mio amico deficiente di Riccione, Aldo Deficiente. Gli faccio: «Aldo! Cosa ci fai qua a Jesolo?». E lui: «Macché Jesolo! È Riccione!». È un deficiente.

32

Jesolo e Riccione sono così uguali che non capisco perché non siano gemellate. Ci sono città gemellate che sono diversissime. Venezia è gemellata con Sidney! Gondole e canguri. Cosa c'entrano? Il giorno che vedrò un canguro dentro una gondola capirò.

33

Non so voi, ma io ho sempre trovato ridicola l'idea che Dio ha dei canguri.

34

Toronto. È gemellata con se stessa, ma in un'altra stagione. Toronto d'estate è gemellata con Toronto d'inverno. Che sembra Jesolo. Gemellate Jesolo con Toronto, così Toronto può gemellarsi con Riccione. E invece no. Con chi è gemellata Jesolo? Con Aldo Biscardi. Il giorno che vedrò Biscardi dentro un canguro capirò.

35

Vicino a Milano c'è Milano Due. Ci ho vissuto tre mesi. Non mi stupisce che sia gemellata col cimitero di Tokyo.

36

Ho anch'io le mie stranezze. Il mio numero fortunato è il logaritmo di cinque.

37

A volte mi chiedo a quali donne pensava Picasso quando si masturbava.

38

L'altro giorno sono entrato in un cesso per handicappati. Esco e c'è un handicappato in carrozzella che mi fa, tutto indignato: «Lei è un handicappato?». Ho mantenuto la calma. L'ho guardato negli occhi e gli ho detto: «Adesso no. Ma lo ero prima di entrare».

39

Quando era incinta di me, mia madre mi portava basso. Molto basso. Le mie gambette sbucavano. Per lei era un vantaggio: quando doveva salire le scale, le bastava piegarsi, e io salivo le scale al posto suo.

40

Sono nato con parto naturale. Da qui il piacere che provo quando m'infilo nei tubi Innocenti.

41

È confortante pensare che alla mia età Che Guevara era già due anni che aveva la sifilide.

42

Il cinema italiano è finito. L'ho capito quella volta che Antonioni mi si è avvicinato e mi ha chiesto: «Vuoi comprare una cinepresa?».

43

Non sono in forma. Ieri sono entrato in una palestra. Mi hanno dato da compilare un modulo per l'iscrizione. Mi è venuto il fiatone.

44

Mi hanno scartato. Peccato, perché era una palestra bellissima, molto selettiva. Sono tutti così tonici che prima di entrarci devi fare palestra in un'altra palestra.

45

Le donne costano. Vi è mai capitato di portarne una al ristorante e questa ordina il piatto più costoso? A me è capitato l'altro giorno. Le dico: «Prendi quello che vuoi». E lei ordina un Big Mac! «Posso prenderlo con le patatine?» «Come no? Tanto paga Agnelli!»

46

In realtà mi piace fare il galante. Anche se costa. Non bado a spese. Ieri sono uscito con una. Le ho comprato i fiori, le ho pagato la cena, l'ho portata a teatro, ho pagato i taxi. Un capitale. Stamattina mi telefona quello della Visa Mastercard. Mi fa: «Te la sei scopata almeno o no?».

47

Ho visto un documentario sulla pena di morte in America. Come ultima cena hai il diritto di ordinare quello che vuoi. Io ordinerei da un cinese. Dopo un'ora hai ancora fame, ma chi se ne frega? Sei anche già morto, dopo un'ora. Il biscotto della fortuna, però, è uno scherzo crudele.

48

Tutti sappiamo cosa facevano a Sodoma. Cosa facevano a Gomorra?

49

Il moscerino della frutta vive un giorno solo. È un destino gramo, specie se quel giorno il moscerino deve aiutarne un altro a traslocare.

50

E pensate alla femmina del moscerino! Entrare in menopausa alle cinque di pomeriggio!

51

Donne! Ricordate: se il vostro uomo prende il Viagra, voi non fate sesso solo con lui. Voi fate sesso anche con tutte le donne con cui lui non ha scopato negli ultimi dieci anni.

52

Che cosa succede se dai a Vittorio Sgarbi una pasticca di Viagra? Diventa più alto.

53

Vi capita mai di sentirvi uno straccio senza alcun motivo apparente? Tu pensi: sarà il caldo, sarà l'umidità.

No. È che certe volte aumenta la forza di gravità, e tu finisci per pesare cinque volte il tuo peso normale. Ma col cavolo che te lo dicono.

54

Sono molto innamorato. Se la mia ragazza mi lasciasse non saprei che cosa fare. All'inizio.

55

La società è malata. Tosiamo le pecore, ne facciamo maglioni, questo è ok. Se taglio i capelli alla mia nipotina e ne ricavo un portauovo all'uncinetto, vengo portato in ospedale per accertamenti. La società è malata.

56

Occorre ripristinare le regole della convivenza civile. Stamattina ho preso la metro per andare a lavorare e vedo un tizio che salta la barriera d'ingresso per non pagare il biglietto. Allora gli urlo: «Ehi, non sa che è contro la legge non pagare il biglietto, Arcivescovo?».

57

A volte, se c'è qualcosa di porno in tv, lo registro. Così me lo rivedo quando mi va, e nei momenti più eccitanti mi ci masturbo sopra. In genere è quando il sacerdote alza il calice.

58

Hanno fatto un esperimento. Un pedone ha impiegato esattamente lo stesso tempo di un autobus cittadino per fare il giro della città. Questo perché il pedone era *sotto* l'autobus cittadino.

59

Nel mio condominio abita la signora Turci. Ha un cocker. Lo porta fuori venti volte al giorno (che è più di quanto un cocker possa umanamente evacuare), prontissima a raccoglierne la popò dentro un sacchetto trasparente. Mi chiedo: sono io, o tutto questo è strano? Mettiamoci dal punto di vista di alieni che ci guardano dal loro pianeta con un telescopio. Vedono un cane e, dietro di lui, un essere umano che raccoglie la sua popò dentro un sacchetto trasparente. Penseranno che i cani sono la specie dominante su questo pianeta!

60

È il motivo per cui non ho cani. Non ho cani perché non voglio raccogliere la loro merda.

61

Sono andato via da Roma perché non sopportavo più gli antifurto delle auto. Suonano a ogni ora del giorno e della notte. *Uiiii uiiiii uiiii*. Tu cerchi di forzare una portiera: *uiiii uiiii uiii*. Insopportabile.

62

Rimpiango la mia adolescenza. Al mattino avevo erezioni così potenti che mi sollevavano dal letto.

63

Chiamavo la masturbazione «la mia mini vacanza».

64

La reincarnazione esiste. Ho avuto altre vite, sono già stato qui. Ho le prove. Tanto per cominciare, sono esausto.

65

Una volta ho portato in classe una pistola. La maestra me la sequestrò. Non aveva fiducia in me.

66

Da piccolo avevo dei talenti che non sono apprezzati nella nostra cultura. Per esempio ero molto bravo a sbavare. Sapevo sbavare in certi modi speciali. Ma nessuno li capiva.

67

Il mondo d'oggi va così velocemente! Una volta ci volevano anni per diventare una testa di cazzo.

68

Novità teologiche. Il Paradiso c'è, ma il portiere all'ingresso è uno stronzo.

69

Che fortuna essere albanesi in Italia. Nessuno rapirà mai un albanese. «Pronto? È il ministero degli Interni? Abbiamo rapito cinque albanesi e vogliamo...» Click! «Pronto? Pronto?»

70

Stanotte ho fatto un sogno stranissimo. Avevo un incidente. Arrivava l'ambulanza. Gli infermieri scendevano a dirmi qualcosa. Ma io non li capivo, perché parlavano al contrario. (*Silenzio*) Lo sapevo che questa vi faceva impazzire.

71

Quando uno di Torino legge in silenzio, sente lo stesso il suo accento?

72

Un fatto storico indimenticabile: John Kennedy a Berlino. Ricordate? «*Ich bin ein Berliner.*» Io sono di Berlino. Commozione, applausi. Solo che in tedesco «Io sono di Berlino» si dice «*Ich bin Berliner*». *Ein Berliner* è una ciambella tonda. *Io sono una ciambella tonda.* Folla in delirio. «Yuuu! È una ciambella tonda!» «Che cosa vuol dire?» «Boh.»

73

I bambini sono nazisti. Io avevo il terrore di imbattermi in un gruppo di bambini di un altro quartiere.

C'è un periodo dell'infanzia in cui, se sei mingherlino, la vita ti fa paura. I tuoi genitori non s'accorgono di niente. Un gruppo di bambini di un altro quartiere è un gruppo di SS, possono farti di tutto. Se li incontri da solo, sai che potrebbero sodomizzarti. Non ti è mai successo, ma lo sai. Sono nazisti. Le bambine invece sono della CIA. «Ciao, Rosanna, sono Assia. Vuoi sapere un segreto? Però non devi dirlo a nessuno!»

74

C'era questa setta in Giappone che faceva gli attentati con l'Anthrax, un'arma batteriologica micidiale. Come se la procuravano? Una ditta americana la spediva su richiesta. C'era una segretaria dell'Anthrax: «*Gentile signore, come da accordi intercorsi Le spedisco un flacone della nostra mortale tossina. Distinti saluti*». Però non puoi chiedere l'Anthrax a tuo nome, possono rintracciarti. Devi fingere di essere qualcun altro. «Spett.le ditta, sono... una biscia. Devo uccidere gente in metropolitana, una strage, ma non posso sparare perché non ho le dita.» La segretaria: «Non ha le dita? Mmmm. E allora come fa a scrivere a macchina? Vabbe'. "*Gentile biscia, come da accordi intercorsi...*"».

75

Hitler. Un pittore vegetariano finito male. (*Sbocconcella una carota mentre dipinge canticchiando un jingle della Warner bros.*) «Pa papapa pappappa pa pappapappaaa...» (*Getta via tutto.*) «Oh, al diavolo. Vado a sterminare sei milioni di persone.»

76

Sono a Roma, incontro Leonardo DiCaprio. Gli faccio: «Cavolo, mi sembra di guardarmi in uno specchio!». Non l'ha capita.

77

Una cosa che trovo ridicola: i raggi X. È un secolo che li hanno inventati, sono ancora in bianco e nero.

78

Una precisazione: nell'articolo di Enzo Siciliano pubblicato ieri e dedicato a *Una tragedia milanese* di Ottiero Ottieri, alcune frasi citate nel testo sono apparse senza le necessarie virgolette, rendendo difficile la comprensione. Ce ne rallegriamo con i lettori.

79

Gesù non ha mai pagato le tasse perché il suo commercialista, Nat Sherman, era un genio.

80

Il calcio mi annoia. Un'idea per renderlo più interessante? Lascerei i feriti sul campo.

81

Dietro ogni uomo di successo c'è una donna. Musil scrisse *L'uomo senza qualità* mentre aspettava che sua moglie finisse di truccarsi.

82

Sono un po' sotto shock. Oggi il mio medico mi ha detto che mi restano tre giorni di vita. Ma non consecutivi.

83

(*Tossisce.*) Devo smettere di dormire nel parco.

84

Altra idea per rendere il calcio più interessante: in caso di pareggio, far decidere la partita da uno scontro fra tifoserie.

Primo blocco

Benvenuti a Barracuda, *il programma che giunge a voi grazie al miracolo della tv. Sono Daniele Luttazzi, il vostro ospite per questa sera. Sono Daniele Luttazzi, ma su Internet mi firmo Pussy Veronique.*

1

Il tempo qua a Milano è schifoso. Fa freddo, piove, c'è la nebbia. Oggi a Milano la nebbia era così fitta che gli albanesi facevano fatica ad accoltellarsi.

2

È emergenza criminalità. Il sindaco Albertini pensa di adottare il metodo di New York: tolleranza zero. Verranno puniti anche i piccoli reati. Per esempio da oggi in tutti i taxi di Milano c'è un adesivo che dice: «Vietato urinare».

3

Storico incontro in Vaticano fra il presidente del Consiglio Massimo D'Alema e il Papa. D'Alema ha definito la visita «commovente», soprattutto quando il Papa gli ha mostrato la sua collezione di lattine di birra vuote.

4

Strage del Cermis. Assolto il pilota della strage. Così potrà essere assunto all'Alitalia.

5

D'Alema ha incontrato il premier giapponese Keizo Obuchi. Nel corso dei colloqui, il primo ministro nipponico ha ribadito che gli piace far esplodere petardi nei sederi delle farfalle. Questo almeno è ciò che ha capito D'Alema.

6

Una storia a lieto fine. A Verona un ragazzo ha comprato millequattrocentottantuno rose rosse e le ha portate a cavallo alla sua ex fidanzata per riconquistarla. La ragazza ha detto no. Però s'è innamorato il cavallo.

7

Fumetti. Dopo settant'anni di fidanzamento, Braccio di Ferro s'è deciso: sposerà Olivia. E questo è il motivo per cui in farmacia non trovi più il Viagra agli spinaci.

8

Avete visto il nuovo Tg5? Meraviglioso, rinnovato. Lo studio, gigantesco, riesce a malapena a contenere l'ego di Mentana.

9

Le varie edizioni del Tg5 hanno inquadrature diverse. In quella del mattino c'è un solo conduttore in piedi. Alle 13 ci sono due giornalisti seduti uno di fronte all'altra. In quella del pomeriggio i due giornalisti sorseggiano un aperitivo a un tavolino. In quella delle 24 i due giornalisti sono a letto. In quella delle 24 e 1 minuto, il giornalista dice alla giornalista: «Scusa, non m'era mai capitato prima».

10

Con l'assoluzione del Senato si è concluso il processo a Bill Clinton. In tutta questa vicenda ho trovato molto ipocriti i distinguo di Clinton: ore e ore per spiegare che cos'è secondo lui una relazione sessuale e che cosa non lo è. A un certo punto Clinton ha anche detto che per lui il sesso orale non è sesso. "Ehi!" ho pensato "se il sesso orale non è sesso, c'è una nigeriana sui viali che mi deve ridare un sacco di soldi!"

11

Grande successo a Milano del corteo di solidarietà con gli immigrati voluto dai sindacati confederali. Non dimentichiamo che anche quello italiano è un popolo di emigranti. Gli Schillaci, i Vialli, i Ravanelli: non dimentichiamo.

12

Al corteo mancava il sindaco Albertini. Berlusconi non lo aveva avvisato, Albertini non ne sapeva nulla.

13

Visita a Mosca del presidente del Consiglio Massimo D'Alema. D'Alema non ha visto Eltsin. Eltsin ha visto due D'Alema.

14

All'università di Firenze uno studente è morto durante gli esami, ma gli esami sono continuati lo stesso. Gli studenti hanno protestato. Stupore dei professori. Uno di loro ha commentato: «Uno studente è morto durante gli esami? Ah, il vecchio trucco».

15

Perché Prodi, Di Pietro e i sindaci hanno creato un nuovo partito? Si sono guardati attorno e hanno visto che non ce n'erano abbastanza.

16

Avete sentito questa piccola scossa di terremoto? È Prodi che ha fatto fare un nuovo passo avanti al Paese.

17

Sprechi nelle Ferrovie. (*«Oh, ditemi qualcosa che non so!»*) Le Ferrovie dello Stato pagano trecentotrentacinquemila lire per ogni portacenere che viene installato sui treni Eurostar. Un vero spreco, anche perché le FS contano di perdere nel '99 quattromilaseicento miliardi. Cioè, più o meno, il costo di un water.

18

Credo che il mio vicino di casa sia perseguitato dai giudici di Palermo. Si è candidato alle Europee.

19

Secondo un neurobiologo inglese si rimane più giovani di dieci anni facendo l'amore almeno tre volte alla settimana. Lo direste che ho settant'anni?

20

In realtà ne ho undici.

21

Parigi. Terremoto nel mondo delle banche per l'OPA lanciata dalla Banca Nazionale che porterà alla fusione di 3 banche per creare la banca più grande del mondo. I francesi sono sgomenti. La banca più grande del mondo. Possono farti stare in fila per sempre.

22

Il presidente iraniano Khatami è venuto in Italia in visita ufficiale. Ha detto: «La repubblica islamica sta vivendo una fase di evoluzione». Questo è bello. È bello sapere che in Iran hanno deciso di entrare nel Medioevo.

23

La settimana scorsa Massimo D'Alema è andato negli Stati Uniti da Bill Clinton. Come promesso, D'Alema ha detto a Clinton qualcosa di sinistra. Gli ha detto: «*Cunnilingus*».

24

È morto a Londra Stanley Kubrick. A meno che non ci ripensi. Secondo la sua casa cinematografica, la morte sarà completata più o meno fra due anni e mezzo.

25

Cinema. Maria Grazia Cucinotta farà una particina nel nuovo film di James Bond. Cinque minuti mozzafiato. Nel copione originale la Cucinotta si arrotolava un sigaro sulla coscia prima di darlo al cattivo di turno. Nella versione definitiva gli offre direttamente l'intera scatola di avana. C'è meno da recitare.

26

Bill Clinton assolto. L'Iraq tira un sospiro di sollievo.

27

Clinton ha imparato la lezione. Dovrà stare più attento. Non come l'ultima volta. Stava facendo l'amore nello Studio ovale. E accidentalmente ha faxato il suo sedere al quartier generale della Nato.

28

Ieri è stata la festa di San Valentino. Al parco ho visto una coppia non più tanto giovane. Erano così romantici. Lui le stava dicendo: «Cara, siamo sposati da trent'anni. Che cosa stiamo cercando di dimostrare?».

29

Il ministro della Pubblica istruzione Luigi Berlinguer ha ribadito la necessità di una riforma della scuola italiana. Giusto. È bene che i giovani sappiano leggere quello che scrivono nei loro graffiti.

30

Musica. Ginger Spice sta girando un documentario sul vero motivo che l'ha portata a lasciare le Spice Girls: voleva dimostrare di essere scarsa anche da sola.

31

Bill Clinton ha rivelato perché gli Stati Uniti stanno attaccando l'Iraq: a Clinton non piace il modo in cui l'Iraq è diviso in sillabe.

32

Il ministro degli Esteri Lamberto Dini ha un piano per porre fine alla guerra in Kosovo. È un piano così complicato che l'hanno capito solo due persone al mondo. E nessuna delle due è Lamberto Dini.

33

Finalmente è arrivato il bel tempo. Sole, cielo blu. In giornate come questa è bello vivere a Milano. Quando l'aria è così tersa e pulita, i proiettili viaggiano molto più velocemente.

34

Ma parliamo dell'avvenimento che ha monopolizzato l'attenzione della stampa italiana per un'intera settimana. Sto parlando di un varietà tv. La guerra in Kosovo? Fuochino. Il Festival di Sanremo. Tutta l'attenzione al Festival, niente attenzione al Kosovo. Ed è un peccato perché mi piacerebbe vedere Fabio Fazio presentare la guerra in Kosovo.

35

I giornali titolerebbero: *Guerra in Kosovo. Che noia!*

36

Sapete cosa mi dispiace di Sanremo? Che nelle canzoni di oggi non ci siano più quelle rime baciate che ti facevano sognare. Amore/Tumore. Humus/Pus. Decaffeinato/Decapitato. Uva/Vulva.

37

Molti di quelli che hanno vinto Sanremo sono scomparsi dalla circolazione: Annalisa Minetti, i Jalisse, Gianni

Morandi. Però vincere Sanremo è sempre molto utile. Dopo che l'hai vinto, per due settimane hai una buona risposta quando uno ti chiede: «Novità?».

38

Scandalo sanità. In Veneto i medici curavano pazienti morti. Curare pazienti morti. Fantastico. Sei già a metà dell'opera.

39

Anche perché che cosa può andare storto se curi un paziente morto? Tum tum, tum tum, tum tum. «Accidenti, dottore! È ricomparso il polso!» «Oh, no! Un altro che aveva preso troppi sonniferi!»

40

Il governatore della Banca d'Italia Antonio Fazio ha detto che occorrerà tagliare ancora le pensioni. I pensionati italiani adesso non hanno più dubbi: hanno sbagliato nazione.

41

Abdullah Ocalan, il leader del Partito comunista del Kurdistan, ha lasciato l'Italia. Il suo arrivo due mesi fa colse di sorpresa i nostri servizi segreti. «Ehi, dov'è il Kurdistan?»

42

Ocalan è diretto verso una località segreta dove potrà lavorare sotto falso nome. Non si sa quale sia questa località, ma c'è chi giura che Ocalan stia molto bene col costume di Pippo.

43

Trovati a Miami i resti dell'antica civiltà maya. È un cerchio di dodici metri formato da dodici buche. Per gli archeologi si tratterebbe di un calendario, anche perché per ogni mese c'è una foto diversa di Pamela Anderson.

44

È uscito nei cinema *Z la formica*, un cartone animato di cui è protagonista una formica nevrotica che ha la voce di Woody Allen. Mi è piaciuto, soprattutto la scena in cui Z si innamora della sua formica adottiva.

45

Criminalità a Milano. Basta lamentarsi! Diciamo la verità: se non fosse per le aggressioni, a Milano non conosceresti nessuno.

46

Il senatore Giulio Andreotti ha compiuto ottant'anni. Gli ex colleghi di partito lo hanno festeggiato facendo esplodere alle sue spalle un sacchetto di carta.

47

Ottant'anni! Non so quale sia il segreto della sua longevità. Spero solo che non lo conosca Pier Ferdinando Casini.

48

Andreotti è ancora sotto processo a Palermo. Colpevole o innocente? Facciamo un sondaggio. Chi di voi crede che sia innocente applauda. Ok. Adesso invece gli intelligenti.

49

Negli Stati Uniti hanno ritirato dal commercio una medicina per anziani cardiopatici. È mortale, se presa insieme con un'altra medicina. Gli esperti non hanno detto qual è quest'altra medicina, ma venticinque delle persone morte finora avevano il cuore in erezione.

50

La grande truffa del lotto. Le estrazioni sulla ruota di Milano erano truccate. Sollievo di mia zia. Da anni andava dallo psicanalista perché convinta di fare sogni sbagliati.

51

Ah, se solo potessi vincere io sessanta miliardi al Superenalotto! Saprei come investirli. Andrei da Mike Bongiorno e mi comprerei sessanta miliardi di vocali alla «Ruota della fortuna».

52

La Camera ha bocciato l'articolo di legge sulla fecondazione eterologa. Chiuderanno le banche del seme. Addio alla mia paghetta settimanale.

53

Nuovo attacco terroristico del Fronte liberazione animali. Trovati in un negozio flaconi di topicida contenenti tracce di panettone Motta.

54

Washington. Mike Tyson condannato a un anno di prigione perché ha aggredito due motociclisti che lo avevano tamponato. I due motociclisti se la sono cavata con poco. Poi Tyson è sceso dalla macchina.

55

Dopo qualche secondo i due motociclisti hanno visto dall'altra parte della carreggiata qualcuno che conoscevano. Erano loro.

56

I milanesi si stanno abituando alla criminalità. La notte scorsa alle tre sento degli spari. Una signora si affaccia alla finestra e urla: «Sono le tre di notte! Usate il silenziatore!».

57

Ieri il senatore Leo Valiani ha compiuto novant'anni. La sua giornata è cominciata molto bene. Si è svegliato.

58

È morto a Parigi Jacques Lecoq, il grande mimo francese. Le sue ultime parole sono state

(Photo Bavaria / Marka)

59

In Albania dilaga il business della ricostruzione dell'imene. Una nuova verginità a sole cinquemila lire. Sapete una cosa? Mi aspettavo che fosse più doloroso.

60

Boris Eltsin di nuovo ricoverato in ospedale. Stavolta è grave. Gravidanza isterica.

61

Non ridiamo di Eltsin. È un grande politico. Sta sperimentando da solo una terza via fra capitalismo e comunismo. Si chiama alcolismo.

62

Mi sono stancato di questo continuo sbarco di clandestini dall'Albania. Sempre clandestini. Non hanno delle modelle? Sbarcateci delle modelle. Questi sbarcano i clandestini e si tengono le modelle. Comodo.

63

A Milano i criminali stanno diventando sbruffoni. Ieri una pattuglia della polizia ha fermato un albanese. «Hai addosso delle armi?» E lui: «Cosa vi serve?».

64

Il Consiglio dei ministri ha approvato la missione italiana in Kosovo. Partiranno cinquecento militari italiani. La mia opinione è che non servono. È una guerra, il nemico va colto di sorpresa. La mia idea: mandiamo in Kosovo un corpo speciale di travestiti. Il nemico verrebbe colto di sorpresa. «Ehi, guarda quello! Uh, hanno le pistole, hanno le pistole!»

65

John Glenn, l'astronauta che a settantotto anni è tornato nello spazio sullo Shuttle, è in Italia per una serie di conferenze. Un giornalista gli ha chiesto che cosa ha scoperto nell'ultima missione. Glenn gli ha confidato: «L'assenza di gravità è un vero toccasana per le emorroidi».

66

Auto. Accordo in vista fra Fiat e Volvo. Verrà prodotta un'auto nuova. Già pronto lo slogan: «Immaginatevi in una Volvo. Poi accontentatevi della nuova Fiat».

67

L'Unione astronomica internazionale ha deciso di cancellare Plutone dai pianeti del sistema solare. Era ora. Plutone non è un pianeta. È una massa di metano congelato. È un enorme ghiacciolo di scoregge! Chi se ne frega di Plutone.

68

In un'intervista al «New York Times», Bill Clinton ha parlato delle minacce per l'umanità del XXI secolo. «Il mio incubo sono le armi chimiche» ha detto Clinton «anche se hanno fatto tanto, quando ero malato di candida.»

69

Elton John, durante un programma tv inglese, ha mostrato orgoglioso la sua nuova capigliatura: capelli trapiantati uno a uno, settanta milioni di lire. Cos'era successo ai capelli originali? Hanno avuto un incidente sotto un tunnel.

70

Negli Stati Uniti è in vendita per trenta dollari il Clone-Your-Bone Kit. È una scatoletta con l'occorrente per riprodurre in cera il proprio pene. Il kit contiene cera sufficiente a replicare un pene di una ventina di centimetri. Conveniente. Ne prendo una scatola, me ne faccio tre.

71

È sempre emergenza criminalità a Milano. Ieri sono stato rapinato da due extracomunitari in regola. Come fai a sapere quando sono in regola? Ti rilasciano la fattura.

72

I tassisti a Milano minacciano di scioperare contro la violenza criminale. Chi se ne frega dei taxi. Costa meno farsi accoltellare e aspettare l'ambulanza.

73

Rottura fra D'Alema e Prodi sulla primogenitura dell'Ulivo. Chi ha inventato l'Ulivo? Prodi ha ricordato che l'Ulivo l'ha inventato lui, pensando a una pianta che fosse cara agli italiani. Siccome, però, la marijuana non si poteva usare, ripiegò sull'Ulivo.

La posta

Questa non è quell'immondizia dell'e-mail, la posta virtuale,
la posta elettronica.
A me interessa solo posta che è stata leccata.

Caro Daniele, hai qualche abilità particolare? (Carlo, Cremona)
So leggere nel pensiero. Ma non in quello degli altri.

Caro Daniele, sei esigente in fatto di donne? (Silvia, Forlì)
No. La qualità che cerco in una donna? I pollici opponibili.

Caro Daniele, ti piace starnutire? (Togo, Varazze)
Sì, mi piace starnutire. E sai perché? Perché ogni volta che starnutisci tutti i numeri che sono nella tua testa vanno avanti di uno. Eeeet-ciù! Ding! Eeeet-ciù! Ding!

Caro Daniele, qual è la tua tv ideale? (Sergio, Dogliani)
Quella in cui il direttore di rete mi convoca per dirmi: «Se proprio devi parlare di sesso nei tuoi monologhi, puoi almeno offendere qualche gruppo religioso?». Purtroppo direttori così sono sempre più rari.

Caro Daniele, parlami della donna più affascinante che hai mai conosciuto. (Elena, Ovindoli)
Era una modella con cui sono uscito una sera. È stato divertente. Non era un vero appuntamento. Abbiamo cenato, abbiamo visto un film. Poi l'aereo è atterrato.

Caro Daniele, ti piacciono le donne col seno rifatto?
(Bob, Varese)
No, anche se le protesi al silicone possono essere molto utili. Devi sigillare una busta prima di imbucarla? Ti spremi il capezzolo e il gioco è fatto.

Caro Daniele, posso mettere mia nonna all'ospizio?
(Marisa, Bari)
Puoi essere più creativa. Affitta tua nonna come comparsa nei film d'azione. Perché vedere rinsecchire i propri cari nella solitudine male illuminata di un ospizio? Molto meglio farli eliminare in dolby surround da un calcio di Jean-Claude Van Damme. Whack! «Wow! Le ha staccato la testa con un calcio!» «Ti è piaciuta? Era mia nonna!»

Caro Daniele, parlami delle tue ricerche sul sesso.
(Fulvia, Genova)
Il sesso perlopiù è ancora qualcosa di inesplorato e misterioso. Prendiamo, per esempio, la mantide religiosa. Mentre maschio e femmina della mantide religiosa stanno copulando, la femmina stacca con un morso la testa del maschio, dopodiché il maschio senza testa continua a copulare finché, a un certo punto, esangue, non stramazza a terra e muore. Perché questo accada è a tutt'oggi un grandissimo mistero. Non se ne sa il per-

ché. Chiedetelo agli scienziati, non vi sapranno rispondere. Chiedetelo alla femmina della mantide religiosa, non vi saprà rispondere. Chiedetelo al maschio della mantide religiosa, vi risponderà: «Aaaargh!».

Caro Daniele, ti sei mai sposato? (Giulia, Fossombrone)
No. No, me ne ricorderei. Ma una volta ci sono andato vicino. Stavo per sposarmi. Avevo sette anni, lei ne aveva ventinove. Eravamo fatti l'uno per l'altra: io ero nei lupetti, a lei piacevano le divise. La sua famiglia veniva dall'Alaska. Facevano gli agricoltori, in Alaska. Suo fratello era molto popolare all'università, perché riusciva a infilarsi il pene nel naso. Si scaccolava col pene. Io volevo entrare a far parte di quella famiglia, ma non ci sono riuscito.

Caro Daniele, ti piace dare consigli sul sesso? (Michela, Vicenza)
Sì, anche se so che possono essere male interpretati. Una volta a una donna che mi chiedeva una tecnica efficace per sedurre il partner ho consigliato un antico rimedio azteco: spogliarsi nuda e cospargersi il corpo di fettine di avocado. L'hanno buttata fuori dal ristorante.

Caro Daniele, da chi hai ricevuto la tua prima educazione sessuale? (Lorena, Alba)
Dalle riviste porno di mio zio. Non erano riviste porno di qualità, tipo «Playboy» o «Penthouse». Erano riviste schifose che venivano dall'Olanda. Scadenti. Le foto non erano nemmeno a fuoco. Foto porno sfocate. In genere si vedevano delle negre nude sedute sul water che

cercavano di coprirsi la faccia in vario modo. Secondo me il fotografo non le avvisava neanche. Sfondava la porta e scattava la fotografia. Ricordo con tenerezza quel periodo perché avevo sedici anni e all'epoca la mia paura più grande era di morire. Perché se morivo i miei genitori sarebbero saliti nella mia camera a rimettere a posto le mie cose. Immaginavo mia madre che rovistava fra le mie cose. "Oh, guarda. Questa è una foto di quando Daniele era nei lupetti. Era così carino con la sua divisa da lupetto! Chi sarà quella bellissima ragazza vicina a lui, accanto a quell'altro che si sta scaccolando con un manico di scopa? Bah. E quest'altra foto? Oh, è Daniele il giorno della sua prima comunione! Era un bambino così buono, così ingenuo, così privo di malizia. E in questo scatolone che cosa ci sarà?"
«Oriental anal fucking» volumi da 1 a 40. La collezione completa. Non mi facevo mancare nulla.

Caro Daniele, ho 33 anni, un buon lavoro, una casa di proprietà, ma sono brutto. Avrò mai una donna? (Silvio, Rho)
Esistono differenze psicologiche fondamentali fra una donna e un uomo. Una donna può innamorarsi di un uomo brutto e ammetterlo tranquillamente; presentarlo alla sua famiglia, alle sue amiche: potrebbe essere l'uomo più brutto mai comparso sulla faccia della terra, lei ne è orgogliosa. Le donne sono fatte così, sono meravigliose. Gli uomini invece sono più stronzi. Un uomo non ammetterà mai di essersi innamorato di una donna brutta. Ci sono uomini che si scopano donne che però non portano in giro, perché se ne vergognano. A loro modo anche le donne possono essere stronze. Ci sono donne che si portano in giro uomini che però non si scopano. Voi sapete chi siete.

Caro Daniele, tu ci sai fare con le donne? (Roberto, Adria)
Sì, ma loro non lo sanno.

Caro Daniele, com'è la tua vita sentimentale? (Renato, Aosta)
È sempre stata un disastro. Sono stato a letto con donne che erano state a letto con più donne di me.

Caro Daniele, come ti consideri? (Sergio, Acireale)
Sono un pragmatista. Penso che tutti siano più o meno stronzi come me.

Caro Daniele, come passi i tuoi week-end? (Valeria, Como)
Mi nascondo sotto la casa.

Caro Daniele, qual è il tuo scherzo preferito? (Federico, Roma)
Quando telefono a qualcuno e trovo la segreteria, mi diverto a lasciare messaggi prima del bip.

Caro Daniele, voglio fare un regalo originale ai miei genitori. Qualche consiglio? (Pietro, Milano)
Addormentali col cloroformio e spediscili in Bangladesh, dove avrai fatto previamente costruire una copia della loro casa. Mettili a letto. Il mattino dopo si sveglieranno ignari, faranno colazione come se tutto fosse normale eccetera. Ma la loro reazione, quando usciranno di casa, sarà impagabile. Già ti invidio. Un'altra idea? Mettigli sotto le lenzuola una testa di cavallo insanguinata alle tre di notte. Il giorno seguente mia madre non riuscì ad andare al lavoro.

Caro Daniele, ti sei mai ubriacato? (Camilla, Padova)
Una volta sola. A Eurodisney. Una scena sgradevole. La mia ragazza, anche lei ubriaca, passò il pomeriggio a cercare di togliermi le lenti a contatto. Alla fine ci riuscì. Il giorno dopo mi passa la sbronza e penso: "Un momento! Io non porto lenti a contatto".

Caro Daniele, come vivi il sesso? (Francesca, Acilia)
Il sesso mi rende così felice da farmi sentire in colpa. Ogni volta che ho un orgasmo mi aspetto di dover fare come minimo sei mesi di volontariato in Africa.

Caro Daniele, eri divertente al liceo? (Loretta, Napoli)
No, non ero il clown della classe. Ero seduto dietro di lui.

Caro Daniele, da che cosa capisci se un ospite non è adatto a Barracuda? *(Fabrizio, Firenze)*
Presento l'ospite, l'ospite muore.

Caro Daniele, com'è stata la tua infanzia? (Sara, Rimini)
A otto anni sono scappato con i Rolling Stones. Il giorno dopo però me li hanno fatti riportare indietro.

Caro Daniele, quando eri piccolo cosa volevi fare da grande? (Riccardo, Torino)
Quando ero piccolo, da grande volevo fare l'invalido.

Caro Daniele, ti piacciono gli animali? (Fabrizio, Terni)
Mi piace parlare col mio gatto. Anche se a volte mi contraddice.

Caro Daniele, perché tante persone guardano Paolo Bonolis? (Lara, Ancona)
Non lo guardano. Lo tollerano.

Caro Daniele, i tuoi genitori avevano la fede? (Gianni, Alessandria)
No, erano molto atei. Un giorno ho sentito mio padre che diceva a mia madre: «Tieni d'occhio tuo figlio. Ieri l'ho sorpreso nella sua cameretta che stava credendo in Dio».

Caro Daniele, a che pubblico si rivolge Barracuda? *(Silvana, Napoli)*
Il pubblico cui ci rivolgiamo sono i bambini di otto anni: gente che è troppo giovane per sapere che cosa sia il vero intrattenimento.

Caro Daniele, qual è per te il massimo dell'erotismo? (Armando, Paganica)
Andare in rosticceria a vedere i polli arrosto che girano.

Caro Daniele, qual è il tuo più grande rammarico nella vita? (Cristina, Cosenza)
Portare solo una seconda.

Caro Daniele, l'estate scorsa il padre del mio ragazzo ha avuto un incidente sul lavoro. Una pressa idraulica gli ha stritolato una gamba. Una vera sfortuna, visto che di mestiere fa la guida alpina. Cosa ci faceva in quel momento una pressa idraulica sui sentieri alti del Brenta? Comunque gli hanno amputato la gamba. Da allora me lo sogno ogni notte che mi penetra selvaggiamente col moncherino. Mi sveglio sempre tutta bagnata. Ho qualcosa che mentalmente non collima? (Manuela, Rovigo)

Sì, hai qualcosa che mentalmente non collima. Secondo il prof. Max Asnas, il luminare di Oxford che venne trovato morto in circostanze misteriose dentro una cabina per guardoni del *Peep-show Extravaganza* di Atlantic City (la scientifica trovò il prof. Asnas nudo, con due ali di piccione incollate ai lati del pisello, una per lato), secondo il prof. Asnas chi sogna di fare sesso col moncherino di un amputato in realtà non fa che nascondere a se stesso il proprio senso di colpa nei riguardi del sesso. Lo stesso può dirsi di quelle donne che amano strofinarsi il clitoride con un occhio di vetro ancora tiepido (mia sorella). Lo stesso vale, infine, per quella famosa attrice di Hollywood che non riusciva ad avere un orgasmo se prima non leccava sacche da colostomia. (Sono quei sacchetti che i chirurghi applicano ai pazienti con un ano artificiale e dentro i quali si depositano quotidianamente le feci.) Chi era quella famosa attrice di Hollywood? Doris Day. Incredibile, eh? Con quel sorriso smagliante leccava sacche da colostomia. Doris Day. Che fra l'altro è morta due giorni fa. Un incidente orribile. No, non è morta. Volevo solo vedere che faccia facevate. No, davvero, è morta. Doris Day era nella sua fattoria nel Maine dove allevava aragoste: è partito un motoscafo, la corda le è rimasta legata alla caviglia, l'ha trascinata via, Doris ha sbattuto la testa sul pontile diverse volte, poi è andata a infrangersi contro alcuni scogli frangiflutti. Ppà! Mille Doris Day. Orribile. Hanno fatto vedere la scena in tv perché c'era un videoamatore che ha ripreso tutto come capita spesso in America. C'è sempre un videoamatore che riprende le tragedie. È sempre lo stesso videoamatore, secondo me è lui che porta sfiga. No, non è morta. Sì, è morta. No. Sì, è morta. Insomma non lo so se è morta, non so più cosa augurarmi a questo punto.

Caro Daniele, ogni volta che mio marito si masturba sporca il soffitto della sala da pranzo. Irritante, soprattutto per i commensali che sono a tavola in quel momento. Esiste in commercio un solvente per le macchie di sperma sui soffitti delle sale da pranzo? (Caterina, Napoli)
Sì. La dott. Ann Flogisto nel suo laboratorio per l'inseminazione artificiale pulisce le macchie di sperma sul soffitto con una salvietta imbevuta di vino rosso. È uno di quei segreti che le donne si tramandano gelosamente di madre in figlia: il vino rosso fa miracoli quando si tratta di rimuovere macchie di sperma dal soffitto. Il migliore a questo proposito è il vino Porto. Come si fa poi a togliere la macchia di Porto dal soffitto? Con dell'olio d'oliva. Come si toglie la macchia d'olio d'oliva? Niente, devi riverniciare la stanza, ormai c'è una macchia grossa così.

Caro Daniele, che cos'è un «principe di Galles»? (Ada, Torino)
Un tempo considerato un segno di ribellione contro l'autorità, il «principe di Galles» è una pratica sessuale ormai molto diffusa in tutti gli strati sociali, e consiste nell'immergere più volte il proprio scroto dentro una caraffa di acqua bollente come fosse una bustina di tè. L'infuso che se ne ricava ha proprietà allucinogene: due sorsi e ti ritrovi protagonista di incubi indimenticabili, tipo quello (frequente) in cui una pressa idraulica ti sta

stritolando una gamba sui sentieri alti del Brenta. Come si rimuove una pressa idraulica dal soffitto? Con due ali di piccione incollate ai lati del pisello (una per lato).

Caro Daniele, ho diciotto anni, ma mio marito ne ha settantaquattro e di recente è stato colpito da infarto. Adesso ha paura di fare l'amore. Io ne ho voglia, ma sono terrorizzata. Potrebbe morirmi a letto? (Raffaella, Vimercate)
Se sei davvero brava, sì. Anche in questo caso, però, secondo il prof. Felix Evtuscenko, l'inventore del sesso via fax, le probabilità di attacco cardiaco durante il coito sono rare: appena il 3 per cento. La percentuale di infarto balza al 78 per cento nel caso di sesso fra adulteri, soprattutto se nel bel mezzo dell'orgasmo il coniuge legittimo spalanca la porta dell'armadio in cui si era nascosto e urla: «Bù!». Le probabilità di attacco cardiaco durante un attacco cardiaco sono invece del 99 per cento. La comunità scientifica internazionale ha solo da poco ammesso la legittimità del test di Evtuscenko: un infartuato può riprendere tranquillamente a fare sesso se riesce a salire senza rantolare otto rampe di scale con in spalla il prof. Evtuscenko stesso. Potrai trovare maggiori dettagli sul test di Evtuscenko nel saggio *No all'angina, sì alla vagina,* che il prof. Evtuscenko scrisse qualche giorno prima di morire d'infarto. Al momento del decesso il prof. Evtuscenko stava salendo otto rampe di scale portando in spalla se stesso.

Caro Daniele, hai mai fatto sesso via fax? (Ercole, Caserta)
Sì, ma non lo consiglio. Può essere molto pericoloso. Per fare sesso via fax, infatti, devi mettere i tuoi genitali al posto della carta termica e inviare. Io ci ho provato una volta: adesso ce l'ho lungo 40 metri.

Caro Daniele, sono una liceale molto carina. Tutti mi considerano una ragazza normalissima, ma io ho un mio passatempo segreto: eccitarmi strofinandomi contro estranei sull'autobus. È una perversione? (Clara, Firenze)
No, è una perversione che tu non ci dica il numero dell'autobus.

Caro Daniele, ho un solo testicolo. I miei amici in palestra mi prendono in giro. (Renzo, Orte)
Non c'è motivo di angosciarsi. Un testicolo basta e avanza per procurare gravidanze indesiderate a chiunque. Nel 30 per cento dei casi il testicolo che manca è rimasto dentro il corpo, non è disceso durante l'embriogenesi. In questa eventualità è bene intervenire chirurgicamente al più presto perché il testicolo interno potrebbe essere situato – che so? – a livello cerebrale, e uno da grande corre il rischio di diventare senatore leghista. I tuoi amici in palestra ti prendono in giro perché hai un solo testicolo? E tu mandali a cagare, Ciclope.

Caro Daniele, ogni volta che sto per portare a letto una ragazza perdo il controllo delle palpebre. Si mettono a sfarfallare in modo ridicolo producendo un suono tipo nacchere. Che cos'ho che non va? (Piero, Morciano)
Niente. Sei semplicemente attanagliato da una paura nota come «ansia da prestazione». La risposta del nostro sistema nervoso vegetativo a una paura reale o immaginaria consiste in una reazione di lotta-o-fuga, i cui sintomi sono quelli dell'attacco di panico: sudore, affanno, palpitazioni, debolezza generale, palpebre a nacchera. Una volta che sai ciò che ti sta capitando, dovresti rassicurarti. Ammetti le tue sensazioni. Va' davanti a

uno specchio, guardati negli occhi e di' a voce alta: «Me la sto facendo sotto». Rassicurati sul fatto che è tutto ok. Di' a te stesso: «Sono ok». Quindi riprendi il controllo delle nacchere. Per fare questo devi alternare respiri profondi a pensieri di attività sessuale con la tua ragazza. Una goccia di vinavil sulle ciglia ti ridarà la confidenza necessaria a rimorchiarne altre. Sfarfallerai sempre, ma in modo dignitoso.

Caro Daniele, un anno fa il mio ragazzo faceva l'amore con me due volte al giorno. Poi è passato a una volta a settimana. Poi a una volta al mese. E adesso lo facciamo ogni sei mesi, sempre che lui se la senta. Gli ho chiesto perché, e lui mi ha detto che quando aveva dodici anni la femmina di un ippopotamo, allo zoo, gli ha fatto l'occhiolino e poi l'ha molestato, cercando di provocarlo con foto vestite di Rosanna Cancellieri. Può essere questa la spiegazione? (Rachele, Palermo)
Senza dubbio. Il tuo ragazzo ha tutta una stiva di sentimenti repressi legati a quel trauma: senso di colpa, rabbia, vergogna. Quando li avrà elaborati, ritroverà la passione per te. Dovrebbe entrare a far parte di un gruppo di terapia per uomini che sono stati molestati da femmine di ippopotamo. A Palermo ce ne sono due. La prossima volta che farai l'amore con lui, poco prima del suo orgasmo srotolagli di colpo davanti alla faccia una gigantografia di Rosanna Cancellieri. Questo lo calmerà (se non lo farà impazzire).

Caro Daniele, ogni volta che ingoio lo sperma del mio ragazzo mi viene il mal di mare. (Ottavia, Rovigo)
Soffri di un'affezione individuata l'anno scorso dalla dott. Kitty Moldavia, che coniò per essa la definizione

di «cinetosi da *fellatio*». Il caso studiato dalla dott. Moldavia era quello di una ragazza che si era sentita male dopo aver fatto al suo ragazzo un pompino sulle montagne russe di Mirabilandia. La ragazza aveva vomitato lo sperma ingerito, e i passeggeri seduti dietro di lei, a corsa finita, l'avevano picchiata selvaggiamente con una di quelle mazze che vengono impiegate nei luna park per misurare la propria forza. Un turista di Losanna la colpì sul piede, totalizzando un punteggio di 25 (punteggio massimo: 200). Un risultato in apparenza mediocre, ma la ragazza guarì, e la scienza medica poté aggiungere al proprio bagaglio terapeutico una nuova panacea. Fa' subito un salto al più vicino parco di divertimenti. Se non trovi il turista di Losanna, prendi una Xamamina. O, meglio ancora, falla prendere al tuo ragazzo. Le molecole di Xamamina filtreranno nello sperma, e tu potrai ingoiarlo ogni volta che vorrai salire sulle montagne russe.

Caro Daniele, tutte le mattine mi sveglio col pene in erezione. Che cosa devo fare? (Alberto, Poggio Rusco)
Secondo l'articolo 450 della Costituzione italiana, tutte le persone che al mattino si svegliano col pene in erezione sono tenute a comunicarlo alla Società Autostrade, a cui un pene eretto in più fa sempre comodo quando si tratta di portare a termine una soprelevata. Il modo più rapido per costruire un'autostrada soprelevata, infatti, consiste nell'assemblare sezioni prefabbricate di cemento su una piattaforma temporanea di peni in erezione, piattaforma che viene in seguito rimossa dopo che cavi d'acciaio sono stati tesi attraverso le sezioni. Il compenso giornaliero per la prestazione si aggira sulle dodicimila lire lorde.

Caro Daniele, non mi piace l'aspetto della mia vulva. Le mie piccole labbra sono enormi e scure, e pendono verso il basso come fossero le orecchie di un bracco. Mi vergogno di farmi vedere dal mio ragazzo. Aiuto! (Cinzia, Messina)
Non c'è nulla di cui vergognarsi. Ogni vulva è unica e irripetibile. Impara ad amare la tua come ami te stessa. Anche perché è l'unica cosa che puoi fare, dato che un intervento chirurgico non risolverebbe nulla: secondo una stima di Solomon Bupkis – lo scienziato di Sapri cui il mondo deve la scoperta dell'unico modo per sapere con certezza se una donna sta venendo o meno: basta verificare con un dito la presenza o meno di contrazioni anali. Se durante l'orgasmo l'ano della ragazza non si contrae, siamo in presenza di una simulatrice (la simulatrice di Sapri) – nel 98 per cento dei casi le piccole labbra tendono a ricrescere, se tagliate. Non c'è motivo quindi di commettere una sciocchezza del genere, soprattutto se si considera che in giro è pieno di uomini che stravedono per piccole labbra come le tue. (Per esempio, Fabio Diazzi, un mio compagno di liceo che viaggia in autostop e adora ringraziare col sesso orale le automobiliste che lo rimorchiano. L'anno scorso con un *cunnilingus* ha fatto perdere il controllo della vettura all'automobilista, l'airbag gli si è gonfiato sulla nuca, lui un altro po' muore soffocato dal clitoride di lei. Le conseguenze sarebbero state di minore importanza, se in quel momento Fabio non avesse avuto in bocca la pipa.)

Caro Daniele, come faccio a sincronizzare il mio orgasmo con quello della mia ragazza? (Giulio, Terni)
Sincronizzare il proprio orgasmo con quello della tua ragazza è impossibile, se non usi il sestante. Il sestante non è che un piccolo telescopio collegato a un sistema

di misurazione angolare che consente ai marinai di fissare molto accuratamente la posizione dei propri organi sessuali rispetto agli astri della volta celeste. Un sestante è facile da adoperare. Va tenuto in modo che la vagina della tua ragazza sia visibile attraverso il telescopio. Un braccio mobile porta uno specchio, e il braccio viene spostato finché l'immagine del tuo glande riflessa da questo specchio e da un altro specchietto posto più avanti non sia allineata con la vagina. A questo punto, sulla scala graduata sottostante (scala VAT 69, dal nome della sostanza alcolica di cui era ubriaca la moglie del capitano John Hadley durante la prima applicazione del sestante) non resta che leggere la distanza angolare fra il tuo glande e la sua vagina. Quando tale distanza è pari a zero, significa che la tua ragazza sta facendo l'amore con te. Riponi il sestante di Hadley, e col dito di Bupkis verifica la comparsa delle sue contrazioni anali: in quel momento lei sta avendo un orgasmo. Il tuo non può essere lontano.

Caro Daniele, mio marito è un guardone. Passa le notti a spiare col binocolo i Severi, due nostri vicini di casa piuttosto insoliti (lui è di Dianetics, lei albina). All'inizio diceva di soffrire d'insonnia, e io come una scema gli ho creduto. Questo per otto anni. Otto lunghissimi anni senza sesso. Una sera, preoccupata per la sua salute (per la mia no, era in vacanza a Stromboli con un'amica), mi sono alzata dal letto e sono scesa a cercarlo. L'ho trovato davanti alla tv che guardava una replica di «Studio Uno». Tranquillizzata, sono tornata a dormire. Passano altri otto anni, mi preoccupo di nuovo. Scendo a cercarlo, ma stavolta più rapidamente, e da-daa! lo sorprendo in una posa sospetta vicino alle tende. «Ti senti bene?» gli chiedo. E lui: «Mbll bll blub». «Eh?» «Mbbbl bll bl.» «Che cos'hai in bocca?» Era il binocolo. Non aveva fatto in tempo a nasconderlo altrove. Fra le lacrime mi confessa tutto. In sedici anni di matrimonio abbiamo cambiato casa una ventina di volte. Finalmente capivo perché. Era per rinnovare il suo «panorama». Guardare gli altri che fanno sesso è il suo modo di fare sesso. Questo gli basta. Poi torna a letto e s'addormenta contento. Avevo messo da parte una somma per comprare il salotto nuovo. Mi ha speso tutto per farsi un piccolo binocolo tedesco a raggi infrarossi. Dice che i marine ne usavano uno identico per vedere Saddam Hussein al cesso durante la guerra del Golfo. Sono disperata. C'è una cura per i guardoni? (Silvana, Udine)

Secondo il prof. Fred Peeping, fratello di quel Buster Peeping che nel '65 ideò il Termometro Rettale Gigante per conto dell'MI5, il servizio segreto britannico (arma decisiva nella guerra fredda, il Termometro Rettale Gigante veniva impiegato per torturare le spie inglesi che si erano vendute al KGB. L'MI5 smise di utilizzarlo quando risultò che molte spie inglesi si vendevano al KGB per poter essere torturate col Termometro Rettale Gigante di Peeping), secondo Fred Peeping, dicevo, il voyeurismo, o scoptofilia, è la più innocente fra le deviazioni sessuali. Trarrebbe origine dal trauma infantile legato alla «scena primaria». Un bambino che vede i propri genitori che fanno sesso subisce uno shock di una certa entità. (C'è chi non si riprende più, e finisce presidente della Federcalcio.) Tale shock è una reazione più che logica. Vedere i propri genitori che fanno sesso! L'uno con l'altra, poi! No, dico: c'è niente di più orripilante? (Non credo proprio. Tranne forse vedere uno dei propri genitori che fa sesso con il presidente della Federcalcio. In questo caso si parla di «scena secondaria», ovvero «primaria».) (Vostro padre *è* il presidente della Federcalcio? Ciao, Silvia!) Alcuni superano lo shock sfruttandolo abilmente: io, per esempio, alle medie facevo pagare un biglietto d'ingresso a chi voleva vedere i miei genitori che facevano l'amore. (Contenti loro!) Facevo soldi a palate. E avrei guadagnato molto di più, se mio padre non avesse preteso il 10 per cento. Altri invece restano per sempre col fascino del proibito, e diventano guardoni. Proprio su questa motivazione psicologica si inserisce la linea di condotta terapeutica suggerita dal prof. Peeping. Dato che l'eccitazione è procurata non dalla scena in sé, ma dal fascino del proibito (e questo spiega perché un guardone può eccitarsi al suono di una rana che gracida, se lo convincete che si tratta dei gemiti di una vicina che sta venendo), il prof. Peeping indica come cura del guardonismo un controshock catartico definito «*bungee-jumping* penieno». Sapete che cos'è il *bungee-jumping*? Ti legano una corda elastica alle caviglie e ti buttano da una piattaforma alta cento metri. Nel *bungee-jumping* penieno vi lascio immaginare dov'è legata la corda elastica. Non resta che andare a recuperare il paziente, finalmente guarito dal suo vizio. Dopo un mese ci ricasca? È il momento di passare al Termometro Rettale Gigante.

Caro Daniele, ho 35 anni, faccio la rappresentante di cosmetici e sono uno schianto, come si può dedurre dalla foto che accludo per le verifiche del caso. (Sono la ragazza nuda sull'uniciclo.) Il problema è mio marito. Gli piace molto farselo succhiare, e pretende che ingoi il suo seme. Temo che questo finirà per danneggiare la mia linea, e quindi il mio lavoro. Quante calorie ha lo sperma? (Gemma, Ivrea)

Hans Doppes, il luminare della geriatria acrobatica che nel 1957 mise a punto il test definitivo per stabilire se un uomo si è masturbato nella vasca da bagno il giorno prima (si tratta di guardare se la persona in questione ha globuli di sperma secco sui peli delle gambe), ci ricorda che lo sperma è composto perlopiù di acqua, il 98 per cento della quale è prodotta dalla prostata a Taiwan (in laboratori dove sfruttano manodopera minorile, è una storia triste); ghiandoline locali aggiungono poi proteine, sali e zuccheri alla miscela. Se l'uomo è fertile, il suo eiaculato contiene infine dai duecento ai seicento milioni di spermatozoi, qualche dozzina di mandorle tostate, e un morbido strato di caramella *mou*. Il *mou* è alcalino e neutralizza l'acidità delle secrezioni vaginali: questo è importante per gli spermatozoi, che non nuotano bene in ambiente acido. (Le secrezioni vaginali possono essere molto acide. Ne ho incontrata una l'altro giorno al supermercato. Aveva il carrello stracolmo di vivande. Io avevo comprato solo una mozzarella. Alla cassa, le chiedo se può farmi passare avanti. Lei mi risponde: «Con quella faccia?». Acida, molto acida. Non mi ha fatto passare. Due ore dopo ero ancora in fila. La mozzarella mi è spirata fra le braccia.) Riassumendo: ingerisci un cucchiaino di sperma, e si sprigionano nel tuo corpo più di 7000 calorie. Le calorie di una bistecca fiorentina. Solo che è liquida. Una fiorentina liquida. Questo è lo sperma.

Caro Daniele, è possibile bruciare col sesso le calorie in eccesso? (Mario, Igea Marina)

È l'unico modo. L'atto sessuale, infatti, sollecita al massimo tutti gli organi del nostro corpo, a differenza della normale attività fisica in palestra, che impegna tutti i nostri organi, tranne quelli genitali. (Sempre che non abbiate una fissa per la vedovona che fa cyclette dalle sette alle nove di sera. Nel qual caso, attenti al marito: non è morto.) Ma quante calorie si smaltiscono col sesso? Il calcolo è semplice. Basta prendere le ore di sesso, moltiplicarle per il numero dei chili di peso, e dividere il tutto per un numero detto «coefficiente di posizione», o numero di Momzer, dal nome del medico che per primo elaborò la tabella (tabella di Momzer) che attribuisce un coefficiente a ogni posizione sessuale conosciuta. (E anche a qualcuna sconosciuta.) Ogni volta che si cambia posizione, si ripete il calcolo. Al termine del *rendez-vous* si sommano tutte le cifre e si ottengono le calorie consumate. Facciamo un esempio. Un'ora di sesso in posizione torinese con la vedova della cyclette. Avete quarant'anni. Vergognatevi.

Caro Daniele, permetto a mio marito di venire dentro di me solo quando ho le mestruazioni, così non corro il rischio di restare incinta. Purtroppo il suo sperma esce con la forza di un idrante: il getto è talmente violento che ogni volta mi scaraventa contro il lampadario (se io sto sopra) o ci scaraventa lui (se è lui a starmi sopra). A volte è divertente, ma sono stanca di comprare lampadari. (Domitilla, Milano)

Molta gente è fortunata, e non sa di esserlo. Hai mai sentito parlare della Turbina Gelt, Domitilla? Inventata nel 1929 dal professor Ira Gelt di El Paso (Nuovo Messico), la Turbina Gelt è una turbina portatile che sfrutta i getti spermatici potenti a fini idroelettrici. La turbina va applicata al glande poco prima dell'eiaculazione. Lo spruzzo di seme fa girare la turbina; questa, tramite alcuni differenziali, fa oscillare una ruota a pompa, la quale aspira lo sperma refluo attraverso una valvola, per poi comprimerlo contro alcuni pistoni collegati a un generatore di corrente. In breve si sviluppa un'energia che può superare gli 11.000 megawatt. Nozioni di fisica (il II principio della termodinamica, secondo cui l'energia sviluppata da una macchina non si converte tutta in lavoro, ma viene dissipata in parte sotto forma di gelatina di frutta), nozioni elementari di fisica, dicevo, ti faranno dubitare, Domitilla, dell'effettiva efficienza della Turbina Gelt. Il rendimento di questa è invece pari al 100 per cento. La quantità di energia dissipata viene infatti compensata dalla motilità dei milioni di spermatozoi presenti nell'eiaculato: la loro spinta contro i pistoni compensa le perdite da attrito. La Turbina Gelt realizza così il moto perpetuo: una volta avviata, non si ferma più. Questo almeno in teoria. In pratica, dopo un po' gli spermatozoi non ne possono più di spingere pistoni e se ne vanno a pattinare a Cortina. Comunque, il professor Gelt, con una delle sue eiaculazioni, era in grado di alimentare tutta El Paso per una settimana. Se ti dai da fare, Domitilla, alla fine di quest'anno tu e tuo marito verrete rilevati dalla Mitsubishi. Buona fortuna.

Caro Daniele, sto molto attenta alla mia igiene, eppure non c'è mese che non mi becchi un po' di mughetto vaginale. Come mai? (Antonella, Roma)

Il fungo responsabile del mughetto vaginale si chiama *Candida*: può pascolare in branco nelle vagine di milioni di donne sane senza causare il minimo problema, a parte il suono fastidioso del campanaccio che portano al collo. (*Delèng delèng!*) In determinate circostanze, però (per esempio troppi datteri, di cui è ghiotta) la *Candida* si sviluppa in maniera abnorme, e in men che non si dica te la ritrovi dappertutto. E come se non bastasse, le piace leggere al cesso. L'infezione che ne consegue causa prurito, arrossamento della mucosa vaginale e perdita di una sostanza biancastra maleodorante che sembra *piña colada*. Ma non lo è. Col sesso contagi il partner, che se ne accorge il mattino dopo, quando l'urlo della sua uretra lo sveglia. È probabile che tu e il tuo partner vi stiate passando l'infezione a vicenda. La terapia prevede l'impiego di creme, tavolette, supposte vaginali o, nei casi molto gravi, un programma di Maria De Filippi. *Delèng delèng!*

Caro Daniele, il mio ragazzo ha questa fantasia: gli piacerebbe che gli succhiassi lo sperma e poi glielo versassi in bocca con un bacio. È una fantasia insolita? (Sabina, Verona)
Per favore! Sto mangiando. (Certa gente dovrebbe essere ricoverata, secondo me.)

Caro Daniele, la mia ragazza vorrebbe provare il sesso anale. Qualche consiglio? (Piero, Torino)
Ne ho diversi. Primo: l'ano della tua ragazza non è lubrificato come la sua vagina (a meno che non abbia appena avuto un attacco di diarrea). La penetrazione potrebbe pertanto risultare dolorosa. Devi lubrificare il tutto, e dato che la saliva è inadeguata (viene assorbita subito, non è abbastanza sdrucciolevole, si impasta, è poca, e una volta che si è asciugata non è educato estrarlo e rimetterglielo di nuovo in bocca per inumidirlo), devi adoperare della vaselina. Secondo: attenzione, nel retto allignano batteri balordi come l'*Escherichia coli*. Potresti beccarti una brutta cistite. Pisci di frequente e ti brucia? Ti sei preso una brutta cistite. Usa il profilattico. (Hai mai sentito parlare di una bella cistite? È quando pisci di frequente, ti brucia, e sei Sharon Stone.) Terzo: per lubrificare un profilattico usa vaselina idrosolubile. (La vaselina K-Y della Johnson&Johnson è talmente buona che chi l'ha inventata doveva essere un vero

maiale.) Quarto: il sesso anale può essere un'esperienza molto intima e avventurosa. Esplora con cautela. Lascia che i suoi muscoli anali si abituino alla dilatazione. Anche se nel tuo caso parlare di dilatazione è spararla grossa. Quinto: se dopo il sesso anale vuoi tornare in vagina, cambiati il profilattico, o la cistite l'attacchi alla tua ragazza. La tua ragazza è Sharon Stone? Sarà una bella cistite.

Caro Daniele, quando eiaculo mi fa male. Che cosa può essere? (Piero, Brindisi)
La causa più comune è un'infezione: della prostata, o dell'uretra. Anche un'ernia può dare dolore durante l'eiaculazione. Consulta subito un medico. Oppure si tratta di un tappo di sperma: in questo caso puoi sturarti da solo, con un segmento di fil di ferro opportunamente sagomato.

Caro Daniele, di recente ho letto in un libro giallo la frase «dolce come una vagina del deserto». Che cosa intendeva dire l'autore? (Sara, Firenze)
Ho trascorso le vacanze estive nel deserto del Gobi, e lì viene chiamata «vagina del deserto» una concrezione a forma di vulva che si forma spontaneamente nel corso degli anni per effetto delle locali tempeste di sabbia. È come una rosa del deserto, ma è a forma di vulva. Non è però a questa che Simenon si riferiva, cara Sara, bensì a una tecnica masturbatoria perfezionata dai soldati della legione straniera durante la campagna d'Africa della Seconda guerra mondiale. (Simenon all'epoca aveva trentanove anni, ed era un sergente.) La vagina del deserto non è altro che una foglia di cactus! Dopo

aver tolto le spine, il legionario infoiato praticava una fessura sul bordo della foglia e la penetrava selvaggiamente. Il succo del cactus è vischioso, e molto simile al fluido vaginale; la foglia è calda a causa del sole. La sensazione è straordinaria. La poltiglia che si creava dentro la foglia veniva poi impiegata come schiuma da barba. Era nella legione straniera anche l'inventore della Coca-Cola. C'è chi sostiene che quella poltiglia sia l'ingrediente segreto indicato nella formula come 7x.

Le interviste

Il prossimo ospite è una bellissima attrice le cui foto nude vengono usate come moneta legale nelle carceri.
È con noi Alessia Merz.

Natasha Stefanenko

DL: Complimenti per il tuo vestito. Bellissimo, sembra fatto apposta per i campionati mondiali di masturbazione. (*Risate, urletti*) E fra il pubblico abbiamo qualche vincitore.

NS: Sono stata in vacanza a Santo Domingo. Mi sono ferita al piede.
DL: Mi faresti vedere la tua ferita, Natasha?
NS: Vuoi vedere la mia ferita?
DL: Sì, io ho un debole per le ragazze bionde con una ferita purulenta vicino all'alluce. Ehm. Posso leccarla? (*Risate*) È un mio piccolo passatempo personale.
NS: Complimenti.

DL: Quando hai perso la tua verginità?
NS: (*Risponde in russo.*)
DL: Mmm.
NS: È difficile da spiegare.
DL: È comunque incredibile. Con un dromedario. Non credevo. E la seconda volta che hai perso la verginità?

(Daniele distrugge la sua auto con un caterpillar in onore di Natasha.)

NS: Nessuno ha mai fatto una cosa del genere per me.
DL: Oh, io ne fracasso una alla settimana.

Claudio Martelli

DL: Dieci anni fa in piena era socialista mi capitò di fare una battuta in un programma di Rai2. La battuta riguardava una nuova tortura pedofila che comportava l'iscrizione al Partito socialista. La dissi durante la prova generale. Tempo due minuti, il regista ricevette una telefonata da Roma: «Togliete questo comico». E per tredici puntate mi pagarono per stare zitto, seduto a un tavolino. E ricordo che pensai: «Se fanno questo a me che non sono nessuno, che cosa staranno facendo al resto del Paese?». Cosa stavate facendo al resto del Paese?
CM: Questo me lo chiede per mettermi a mio agio?

DL: Sente ancora Craxi?
CM: No. Forza, tiri fuori delle unghie più affilate.
DL: Faccio fatica a credere che lei non senta più Craxi.
CM: La tentazione a volte ce l'ho, ma devo dire che lui me la fa passare.
DL: Anche perché gli italiani sono ancora divisi su Craxi. Da una parte c'è chi lo odia, dall'altra c'è chi lo disprezza.
CM: No, sono fra quelli che gli vogliono bene, anche se sono convinto che abbia commesso una bella mole di errori.
DL: Io riabiliterei Craxi solo se la smettesse di vestire sahariano.

(Martelli parla di Loris Fortuna e della sua politica a favore del divorzio, dell'aborto e dell'eutanasia.)

DL: Lei ha mai messo incinta una ragazza costringendola poi ad abortire?
CM: Madre Teresa, una volta, mi fece la stessa domanda. Le risposi: «Sì, questo è successo».

(*Sui politici di serie A*)

CM: Mi sembra che Francesco Cossiga sia il più pazzerello.
DL: È la sua dieta speciale a base di yogurt e schizofrenia.
CM: Sì. Schizofrenia politica, naturalmente.
DL: Pierferdinando Casini?
CM: (*Ci pensa su per sette secondi.*)
DL: Ok. (*Risate*) Antonio di Pietro?
CM: Non è un politico.

(*Lo scambio seguente è stato tagliato prima della messa in onda.*)

DL: Silvio Berlusconi?
CM: Mi sembra che faccia telepromozioni.

Renzo Rosso

DL: Lei è il signor Diesel, uno degli imprenditori italiani di maggior successo nel mondo. Come ha iniziato?
RR: Veramente io non ho mai avuto molta voglia di lavorare.

DL: Come sceglie i suoi collaboratori?
RR: I loro curriculum li cestiniamo. Ci interessa il loro segno zodiacale.

DL: Questo è un grande messaggio per i giovani. Non studiate. Cambiate il vostro segno zodiacale.

RR: Stiamo lanciando capi in filato d'acciaio. Molto bello.
DL: E di questi tempi, soprattutto a Milano, ce n'è bisogno.

(*Natasha interrompe l'intervista a Rosso portando un'insalata russa.*)

DL: L'hai comprata con le tue mani?
NS: L'ho fatta io.
DL: (*assaggia*) Mmm. Buonissima. Sembra la sostanza con cui hanno imbalsamato il corpo di Lenin.

Renato Nicolini

(*Nicolini parla per sei minuti dell'architettura di Paperopoli.*)

DL: Quali sono le droghe migliori che lei ha fumato in vita sua?

Ambra Angiolini

DL: Complimenti, ti vedo in gran forma. Hai perso più o meno 150 chili.
AA: Più o meno.

Alessia Merz

AM: Nel film *Paparazzi* ho dovuto baciare Vittorio Sgarbi. La notte non ho dormito.
DL: La notte prima o la notte dopo?

DL: Com'è stato baciare Vittorio Sgarbi?
AM: Hai presente quando i bambini hanno l'acetone? È stato come baciare un bambino con l'acetone.
DL: Non ho mai baciato un bambino con l'acetone, ma credo d'aver capito.

DL: Come li vedi gli uomini?
AM: Li divido in tre categorie. C'è l'uomo per bene, quello che mi vede sia interiormente sia esteriormente...
DL: Come, interiormente? Con la sonda?

DL: Una domanda che ho fatto anche a Rita Levi Montalcini qualche anno fa. Qual è la tua opinione sul sesso orale? Ti piace il sesso orale?
AM: Dipende. Magari più subirlo che farlo.
DL: La cosa più sgradevole per te del sesso orale?
AM: (*scoppia a ridere*)
DL: Per me il panorama.

DL: Come sono le tue mestruazioni?
AM: Regolari. Però di otto giorni. Nonostante prenda la pillola, di otto giorni. Praticamente ogni due settimane ce le ho.
DL: Ti imbarazza l'odore del tuo corpo?
AM: No. A me no.

Oliviero Toscani

(*Toscani mostra oggetti strani di cui parla «Colors», la rivista da lui diretta*)

OT: In Giappone producono tanta cacca. Hanno deciso di riciclarla. Questo è un mattone di merda. Ci costruiscono le case.

DL: Sono i mattoni con cui hanno costruito Milano Due. (*Questa frase è stata tagliata al montaggio.*) Ho visto come fanno: quando devono metterci la malta, invece della betoniera usano un ippopotamo con la diarrea.

OT: Carta igienica con sopra lezioni di inglese. Così vai in bagno e impari l'inglese.
DL: «Sai l'inglese?» «No, sono stitico.»

OT: Un piatto da mangiare. Viene dalla Norvegia.
DL: Mmm. In effetti in Norvegia i cibi non sono molto buoni, così si mangiano i piatti.

OT: Lecca lecca con sopra l'immagine del Papa.
DL: Fa' sentire.
OT: Dolcissimo.
DL: Mmm. Sa di Papa.

OT: Questo è un cilicio. Secondo molti ferventi cattolici ti avvicina a Dio.
DL: E secondo molti ferventi laici invece te ne allontana definitivamente.

Nero

Ci sono tante menti pulite, là fuori! E tutte hanno bisogno di essere riempite col nostro speciale veleno.

TU sei il detective saputello in questo gioco snervante di enigmi polizieschi. Ogni storia è un'emorragia di indizi bizzarri e richiede solo un minuto di lettura. Oppure un'ora, se sei un critico dell'«Espresso». Carica il cucù e mettiti alla prova: riesci a battere il commissario Macchi? Bevi un sorso di latte: riesci a fartelo uscire dal naso? riesci a farti uscire dal naso il cucù? riesci a uscire dal naso del commissario Macchi? riesci a trasformare il naso del critico dell'«Espresso» in un cucù? Comunque: se conosci la ragazza in copertina, chiamami. Ho assolutamente bisogno del suo numero di telefono. Chiamami anche nel cuore della notte. Se risponde una voce femminile, dille che stavi cercando la tua callista e riaggancia subito. Aiutami a ritrovare questa ragazza. È la mia migliore amica.

Dieci casi per il commissario Macchi

1. Il caso dell'omosessuale isterico

La Volante aggrottò l'asfalto con un'inchiodata. «SIETE ARRIVATI TAAAAAAARDI!» urlò l'omosessuale isterico nella stanza 409. Il commissario Macchi lo strinse a sé con passione e gli disse: «Dove abbiamo sbagliato, Harry? È stato quando vivevamo insieme? Quando ci siamo lasciati? Quando abbiamo deciso lo stesso di sposarci? Quando ho deciso di andare a lavorare? Quando hai smesso di andare dall'analista? Quando ho cominciato ad andarci io?». È da esperti spegnere un pozzo petrolifero in fiamme col tritolo. Macchi era un esperto. Lo sbigottimento aveva ammutolito l'omosessuale isterico. Il silenzio della stanza fu rotto da un rumore strano, come di spurgo fognario: erano le risate soffocate di Mongiusti e Cascella, i due poliziotti di scorta. «N-n-non mi chiamo Harry. L-l-lei chi è?» balbettò l'omosessuale isterico. Macchi aprì le braccia di colpo, scaricandolo. *Thud!* Quindi raggiunse il frigobar in cerca di benzina verde. «Sono il commissario Macchi, Harry. Mio padre voleva che diventassi commissario. E sono diventato commissario. Ma la mia vera vocazione era fare il comico. Un giorno incontro Zuzzurro e Gaspare. Ma anche questo non mi ha fatto cambiare idea.» «I-i-in effetti h-ha delle buone battute. Questo la rende divertente.»

«La mia faccia non basta?»

Mongiusti e Cascella risero. «Ha sentito quella risata mezzo secondo prima di tutti gli altri? Era la mia, commissario» disse Mongiusti.

«C-c-c-omunque non mi chiamo Harry.»

«E-c-c-c-come si chiama?» c-c-c-c-chiese Macchi.

«Corrado.»

«Corrado. Le dispiace se la chiamo Harry?»

Risultò che l'uomo si chiamava Corrado Qualcosa e lavorava come standista in fiera per una ditta austriaca che produceva reggiseni a girocollo. «Gli affari oggi erano andati bene, il mio portafoglio era pieno di centinaia di biglietti da mille. Poco dopo mezzanotte un rumore mi ha svegliato. Qualcuno stava forzando la porta della camera. Mi sono rintanato sotto le coperte. Ero terrorizzato. Ho chiuso gli occhi stringendo forte forte e ho cominciato a vedere delle scacchiere.» «Ehi! Questo capita anche a me!» fece Mongiusti. Macchi gli disse: «Non bere caffè durante la giornata, Mongiusti. Ti tiene sveglio». Altre risate, stavolta anche dalla camera accanto. Il colpevole proseguì: «Mentre lo sconosciuto cercava il bottino in bagno, io nel buio ho preso il telefono, ho composto il numero e vi ho chiamati. Quando quello se n'è andato, i soldi erano scomparsi». Corrado singhiozzò abbracciando il commissario. «Sono sconvooolto!»

«Eeeeh, ma come siamo emotivi! Su, su, niente lacrime, o mi bagnerà le cartucce della Colt!» disse Macchi. I suoi occhi caddero su un lettore di CD. *Plonk, plonk.* «Che musica ascolti, Harry?»

«Mina, commissario. Le piace Mina?»
«Quale delle due?»
Mongiusti e Cascella liberarono analmente la risata repressa.
«Comunque il ladro ha lasciato qualcosa: la luna alla finestra. Prendi il cappello, Harry. Al commissariato ci dirai chi era il tuo complice.»

? *Quale indizio ha permesso al commissario Macchi di scoprire che Harry stava mentendo? La soluzione è qui sotto*

Soluzione – Il caso dell'omosessuale isterico

Macchi ha capito che Harry stava mentendo quando questi gli ha detto di aver chiamato il 113 al buio. Solo un cieco potrebbe comporre al buio un numero telefonico che non ha mai fatto prima. «Ma io SONO cieco» disse a questo punto Harry. Macchi lo rilasciò commentando: «Non capisco perché la Chiesa si preoccupi dell'omosessualità più di quanto se ne preoccupino gli omosessuali stessi».

2. Il caso del particolare insignificante

«L'assassino deve essere salito fino alla finestra aperta della camera da letto del marchese Sigismondi, commissario» disse il tenente Mongiusti. «Io e Cascella abbiamo scoperto che tutte le porte d'ingresso erano chiuse dall'interno e che tutte le finestre tranne quella in questione erano serrate. Vede queste impronte sul terriccio?» Macchi gli prese la testa fra le mani per usare il suo orecchio come fosse un binocolo. Vicino alle impronte, una lumaca stava dicendo a un'altra lumaca: «*Bonjour!*». Cascella tutto eccitato non la smetteva di indicare il muro coperto di edera della villa decrepita. A 2 metri dal suolo le foglie dell'edera che saliva fino alla finestra del marchese al terzo piano erano strappate e spezzate. «Vede, commissario? Io e Cascella abbiamo ragione. Ecco come è entrato l'assassino. Diamo un'altra occhiata dentro?» Il marchese Sigismondi era riverso sul letto. Il suo pigiama di seta mandava un messaggio, e il messaggio era: «Io posso permettermelo». La luce del comodino era ancora accesa. Cascella portò le dita alle labbra e, con una serie di fischi, richiamò l'attenzione dei due. Nella stanza accanto un pappagallo stronzo stava dando ordini al beagle del marchese («Attenti! Seduto! Qua la zampa! Fa' il morto!») e il povero cagnolino eseguiva. Sporgendosi dalla finestra, Mongiusti notò l'edera strappata sotto il davanzale. «Tutto combacia, commissario! Accidenti, è insolito coglierla in errore. La sua teoria che l'omicida non sia venuto da fuori non sta più in piedi, adesso. L'unico che guadagnerà qualcosa dalla morte del marchese è suo nipote Brando, ma non lo credo capace di un lavoro del genere.» «Il tuo guaio è che bevi la birra sbagliata, Mongiusti» disse il commissario. «Spesso le apparenze ingannano. Nel dopoguerra conobbi un omino grassottello che raccontava barzellette in dialetto siciliano. La gente si divertiva molto. Io non perdevo occasione di vedermi i suoi spettacolini. I suoi tempi comici erano perfetti. Una sera uno di Cinecittà si accorse del suo talento e lo scritturò. Dopo qualche mese seppi che era diventato una stella del cinema. Gli avevano cambiato nome in Virna Lisi.» Macchi si sporse dalla finestra. «Mai trascurare i particolari insignificanti, Mongiusti. Vedi che cosa voglio dire?» In lontananza, operai stavano costruendo un garage multipiano. Ed era già pieno.

? *Qual è il particolare insignificante che Mongiusti ha trascurato?*

Soluzione – Il caso del particolare insignificante

Dato che l'edera era rovinata a 2 metri da terra, l'assassino era uscito, non entrato, dalla finestra. Se vi fosse salito, anche l'edera più in basso sarebbe stata strappata. Quando poi Macchi scoprì che Brando, il nipote del marchese, era stato ucciso, gli fu facile dirigere i suoi sospetti sul pappagallo stronzo. (Un vero stronzo. Gli bevevi vicino e lui faceva: «*Glu glu glu*».) Quanto al marchese, stava solo dormendo.

3. Il caso dell'ipnotista pakistano

La stanza era sottosopra. Un foro di proiettile in fronte, il famoso ipnotista pakistano Toots Schoorr giaceva macellato sul pavimento. Era una visione orribile. Macchi si voltò verso Mongiusti.

«Hai paura?»

«No.»

«Anch'io.»

Nel pugno del cadavere c'era il bottone di un tailleur. Macchi pensò a una colluttazione fra l'ipnotista e l'omicida. Questi aveva frugato nella stanza ma era stato interrotto, forse colto di sorpresa, e si era dato. Aveva trovato quello che cercava? E se sì, di cosa si trattava? Tre persone erano state viste entrare da Schoorr quella sera.

Alle 19.30 Lucrezia Cola, ventotto anni, modella, squillo di lusso e da poco tempo moglie dell'ignaro Augusto Cadenza, discografico. Macchi apprese che Lucrezia doveva chiarire con Toots per quale motivo lui avesse rivelato a suo marito (per una discreta cifra) un segreto gelosamente custodito che la riguardava (la sua passione per il vitello tonnato).

Alle 20.45 l'avvocato Lodovico Positano, candidato alla Camera per il Polo delle libertà. Pochi giorni prima, Schoorr aveva minacciato di rendere pubblico (a meno che non fosse stato pagato profumatamente) un retroscena che avrebbe potuto rovinargli la carriera politica.

Alle 21.10 Alonzo Stagg, allibratore. Su insistenza di Schoorr aveva investito una fortuna in un cimelio sportivo del cui acquisto poi s'era pentito: un sandwich di pollo che Alex Del Piero non aveva finito di mangiare per via dell'influenza. Stagg aveva perso tutto. Aveva giurato di vendicarsi.

La scientifica stabilì con certezza che l'ipnotista alle 19 era ancora vivo. Una foto che incriminava Positano era sparita dalla collezione di Schoorr.

Macchi interrogò per prima la donna. Mongiusti si fece consegnare un documento e lo aprì. «Signora, mi prende in giro? Questa foto non le assomiglia.» «Quella è l'impronta del mio pollice.»

Poi fu la volta di Positano. «È lui?» chiese Macchi a Mongiusti. «È un uomo o una donna, commissario?» «È quello che non si riesce a capire.» «È lui.»

Infine toccò a Stagg. Come gli altri due, anche Stagg rifiutò di rispondere. «E se la torturiamo?» «Oh, posso sopportare il dolore, se voi sopportate le mie urla.»

Il commissario Macchi trattenne uno dei tre per ulteriori accertamenti.

***?** Di chi sospettava il commissario Macchi? Perché?*

Soluzione – Il caso dell'ipnotista pakistano

Macchi trattenne l'avvocato Positano. Il tailleur era il suo: Positano era un travestito. Mongiusti recuperò con uno stratagemma il tailleur in una lavanderia poco lontana dal luogo dell'omicidio. Il proprietario della lavanderia, Ernesto Ossorio, era depresso e non faceva che ripetere: «Gli affari vanno male».

MONGIUSTI: Le lascio una giacca da smacchiare. Inoltre vorrei ritirare il tailleur col bottone mancante.

OSSORIO: Ecco il tailleur. La giacca gliela restituisco la settimana prossima. Questa settimana siamo chiusi a causa dell'incendio.

MONGIUSTI: Ha avuto un incendio?

OSSORIO: *Dovrò* avere un incendio. Mi saluti l'avvocato Positano.

Finito in cella, Positano divenne lo schiavo di quello che aveva più sigarette.

«Ottimo lavoro, Mongiusti.»

«Le do un passaggio, commissario?»

«No, grazie. Faccio un salto alla tavola calda, poi torno subito a casa.»

«Oh, non dovrebbe andare alla tavola calda. Il cibo è pessimo.»

«E perché credi che torni subito a casa?»

Secondo blocco

Ci vediamo subito dopo la pubblicità.
Se non durante.

74

Gianfranco Fini, leader di AN, è andato in pellegrinaggio al campo di concentramento di Auschwitz. Ha reso omaggio alla salma di un suo zio che in quel campo morì, cadendo da una torretta.

75

L'America è tornata a bombardare l'Iraq. Clinton sta facendo la storia. È la prima volta che un presidente ordina bombardamenti mentre una stagista lo lecca.

76

Il rumore dei bombardamenti a Baghdad è stato talmente forte che hanno cominciato a suonare tutti gli antifurto dei cammelli.

77

Quanto al Kosovo, se Milošević non rispetta il trattato firmato con gli albanesi, la Nato aprirà i bombardamenti. Previsioni del tempo in Kosovo: parzialmente nuvoloso, 10.000 gradi.

78

Flavio Briatore ha una storia con Naomi Campbell. Come tutti.

79

Si è tenuto a Montreaux il X Congresso internazionale sullo stress. Fra l'altro è emerso che la metà degli incidenti stradali dipende dallo stress. Questo spiega i continui tamponamenti fra carri armati in Kosovo.

80

La situazione in Kosovo è drammatica. Villaggi bombardati, civili costretti a lasciare le loro case, migliaia di famiglie in fuga. Sembra la trama di un film di Benigni.

81

È come se le nazioni avessero un'età. Gli Stati Uniti hanno cinquant'anni, sono il genitore severo. L'Italia ha trent'anni, è il fratello maggiore. La Serbia di Milošević invece ha quattordici anni e vuole a tutti i costi il motorino.

82

Il Consiglio dei ministri ha varato una legge contro la microcriminalità: pene più dure che facciano da deterrente, perché, diciamo la verità, alcuni stanno approfittando di questa ondata di violenza e diventano criminali senza avere l'esperienza necessaria. L'altro giorno per la strada uno mi fa: «Dammi il portafoglio». Glielo do. E lui: «È divertente. Adesso tu rapina me».

83

Molti di questi nuovi delinquenti sono sbandati che non sanno neanche fare i delinquenti. La settimana scorsa assisto a una rapina, vedo in faccia il rapinatore che scappa. La polizia lo prende, mi chiamano al commissariato per riconoscerlo in mezzo a un gruppo di sospetti. Come entro, quello mi vede e mi fa: «Ehi, ciao!».

84

Il ministro dell'Università Ortensio Zecchino ha annunciato che è in arrivo la laurea triennale. Utile. Così gli studenti impiegheranno meno tempo a diventare disoccupati.

85

Londra. Clamorosa gaffe del «Times». Il prestigioso quotidiano inglese ha dato la notizia che Sinead O'Connor, la trasgressiva cantante irlandese, avrebbe tentato di suicidarsi in albergo prendendo venti compresse di Valium con tre bicchieri di vodka. Ma non era un suicidio. Era la sua colazione.

86

Proteste per la guerra in Kosovo. C'è chi dice: «È una guerra assurda». Non è assurda. La maggior parte delle azioni umane è causata da motivi complessi. Clinton bombarda il Kosovo per avere un'erezione.

87

Il conflitto etnico fra serbi e albanesi sta lacerando la regione. C'è una ragazza: la madre è albanese, il padre serbo. Ogni tanto si stupra.

88

E questo è niente. Ho visto una bambina. La madre è serba, il padre albanese. Ha il morbillo.

89

Ogni giorno dalle basi italiane partono ottanta aerei della Nato per la loro missione di guerra. Poi tornano nei nostri aeroporti e le loro valigie vengono smarrite per sempre.

90

Dal Papa un forte monito in favore della pace. E il monito è stato ascoltato. Ieri la Nato e i serbi hanno smesso di combattere. La pace è durata un secondo. Giusto il tempo di ricaricare.

91

Ferrovie. Settimana di disagi per chi viaggia. Non ci sono scioperi.

92

È morto in Canada l'inventore delle lenti a contatto morbide. Durante la cerimonia funebre è caduto dalla bara. Non riuscivano più a trovarlo.

93

Grande successo del CD del Papa. Ha già venduto più di un milione di copie. Il CD s'intitola *Abbà Pater*, che come sapete in aramaico significa *Trunky Funky*.

94

Los Angeles. Donna incinta col seme del marito morto. Questa sì che è una invenzione fantastica per gli uomini. «Cara, vorrei avere dei bambini. Ma non ora. Perché non aspettiamo quando sarò morto?»

95

Sono ancora un po' confuso per via dell'ora legale. Si dorme un'ora di meno, resto sfasato per mesi. Eppure una soluzione semplice ci sarebbe: sessanta giorni prima dell'ora legale cominciamo a mandare avanti l'orologio di un minuto al giorno. Alla fine non te ne accorgi.

96

Oggi la mia giornata è cominciata in modo strano. C'erano questi due Testimoni di Geova alla porta. Gli faccio: «Che cosa volete?». E loro: «Non lo sappiamo. Sei tu che hai suonato».

97

La mongolfiera Orbiter 3 guidata da Bertrand Piccard ha compiuto il giro del mondo in diciannove giorni. A questo proposito una rettifica: è vero che lo sponsor dell'iniziativa era la birra Budweiser. Non è vero, invece, che la mongolfiera era stata gonfiata con rutti da birra.

98

Che impresa incredibile! Piccard sale su una mongolfiera in Svizzera, si porta a 11.000 metri di altitudine e, dopo diciannove giorni, arriva esattamente al traguardo che è a 9,27 gradi di longitudine ovest sopra la Mauritania. Ieri il mio tassista non riusciva a trovare l'aeroporto.

99

Il momento più difficile dell'impresa? La partenza. La mongolfiera non ce la faceva a vincere l'attrazione gravitazionale di Giuliano Ferrara.

100

È arrivato in Italia il Buran, il vento siberiano. Fa talmente freddo che i profughi arrivano dall'Albania pattinando.

101

Una ricerca della Columbia University ha dimostrato che gli scimpanzé sanno contare, anche se solo fino a nove. Non è incredibile? Due numeri in più di Valeria Marini.

102

Statistiche. Secondo un recente sondaggio, due persone su tre si chiedono: «Che fine ha fatto quell'altro?».

103

Clamoroso crac delle borse asiatiche. In Oriente le cose vanno malissimo. Ieri un broker di Tokyo si è suicidato gettandosi da un bonsai.

104

Il Senato ha approvato la nuova legge sulla fecondazione artificiale. Sarà possibile per un bambino avere fino a sei genitori: il donatore di sperma, la donatrice dell'ovulo, la madre surrogata che affitta il suo utero per l'embrione, i due genitori adottivi e, se ne ricava uno speciale, Bruno Vespa.

105

Barracuda 2000. Il presidente della Repubblica Gianfranco Fini ha varato la riforma della Legge 180 sui manicomi e della Legge 194 sull'interruzione di gravidanza. Fini ha unito le due leggi creando la Legge 374: l'obbligo per i feti abortiti di venire internati in manicomio.

106

Barracuda 2000. Il sindaco di Milano Bobo Craxi ha ideato nuove misure per prevenire la criminalità. Quindi ragazzi attenzione: potreste essere avvicinati da tipi loschi che vi dicono: «Fumo. Erba». Vogliono vendervi della marijuana. Non accettate. Si tratta di vigili urbani. Li riconoscete dalla divisa.

107

Polemiche per un articolo della «Civiltà cattolica». La rivista dei gesuiti sostiene che gli animali, non essendo esseri spirituali, non hanno gli stessi diritti dell'uomo. Subito molti opinionisti si sono schierati a favore degli animali, dicendo: «No, anche gli animali hanno dei diritti». Io non so chi ha ragione. So solo questo: il mese scorso ho fatto castrare il mio gatto, ieri mi è arrivata una lettera dal suo avvocato.

108

È in vendita il nuovo profumo di Alberto Tomba. Molto seducente. Te lo spruzzi e le donne hanno l'impressione che tu evada le tasse per miliardi.

109

Ho comprato la videocassetta di *Titanic*. Dev'essere una copia pirata: il film finisce, la nave non affonda.

110

E sono convinto che nell'originale Nino D'Angelo non c'era.

111

A Roma una donna di sessantadue anni ha dato alla luce un bimbo. Ne vuole fare un altro. Dice che non vuole dimostrare nulla. È solo molto arrapata.

112

Il Senato ha approvato il disegno di legge che depenalizza i reati minori. Non sono più reato l'ubriachezza molesta, la guida senza patente e guardare la Messa in tv in pigiama.

113

Però non è stata depenalizzata la detenzione per uso personale di droghe leggere. I verdi sono insorti: fumeranno marijuana in Senato e la offriranno agli altri senatori. Sono curioso di vedere quali leggi approveranno dopo.

114

Firmato il contratto per la scuola. Fra le novità, aumento della paga a chi insegna in zone a rischio. Giusto. Comprare il crack costa.

115

Il procuratore generale ha denunciato la lentezza della giustizia in Italia. La soluzione è semplice: giudici in amfetamina. «*Colpevole! Assolto! Colpevole! Colpevole!*»

116

Il procuratore generale ha inoltre ricordato che la figura del giudice e quella dell'avvocato devono restare distinte. Il giudice è quello col martelletto.

117

Il cantante George Michael ha girato un video in cui interpreta un poliziotto che arresta un gay in un bagno pubblico. Mi chiedo dove prenda certe idee.

118

Il Kosovo è di nuovo in fiamme. Questa guerra mi angoscia. Basta. Meno reportage dal Kosovo, più reportage dai bordi della piscina di Claudia Schiffer.

119

Scoperto al centro della Via Lattea un pianeta simile alla Terra. Le sue condizioni sono tali da consentire qualche tipo di vita, anche se non nelle forme in cui la conosciamo noi. Sempre che Paolo Liguori possa essere considerato una forma di vita.

120

Dopo aver presentato il Festival di Sanremo, il premio Nobel Renato Dulbecco ha annunciato che applicherà la genetica alla musica. Prenderà i CD di Marina Rei e ne clonerà scientificamente tutta la noia.

121

Perché Dulbecco a Sanremo? Vent'anni fa era uno dei Kiss.

122

Poi nel '75 vinse il Nobel per aver dimostrato per quale motivo è impossibile starnutire mentre si piscia.

123

La Walt Disney ha ritirato dal commercio tre milioni di videocassette del cartone animato *Bianca & Bernie* perché contengono fotogrammi porno. Questi se ne accorgono solo adesso. Sveglia! Andatevi a rivedere *Dumbo*. Molte di quelle che si vedono non sono proboscidi.

124

Sfilate di moda a Parigi. L'industria della moda non richiede più le top model. Sono tempi duri. A Milano ho visto una modella che chiedeva l'elemosina in via Montenapoleone con al collo un cartello che diceva: «Fate la carità. Devo vomitare».

125

A Londra, Christie's ha messo all'asta un profilattico del Seicento. Un tizio l'ha comprato per venti milioni. Ma era così imbarazzato che ha comprato anche dieci milioni di tubetti di dentifricio e quattro milioni di caramelline gommose.

126

Il processo a Clinton ha avuto momenti ridicoli. Durante una conferenza stampa Clinton si è grattato, l'avvocato di Monica Lewinski lo ha accusato di manipolare le prove.

127

Oggi il presidente Clinton ha offerto le sue scuse al Guatemala. Non sapevo che Clinton avesse fatto sesso col Guatemala.

128

Musica. Interrotto il tour dei Rolling Stones. Keith Richards è scivolato in bagno, si è fratturato un'anca. Per fortuna è stato previdente a prendere analgesici fin dal 1960.

129

Ha fatto parlare di sé questa settimana Giorgio Nava, l'uomo paracadute. Martedì si è buttato dalla Torre di Pisa fra gli applausi della folla. Giovedì si è buttato dal Colosseo: ovazioni. Ieri si è buttato dal palazzo di Telemontecarlo, ma nessuno stava guardando.

130

Settimana della moda maschile a Milano: un evento che mi lascia apatico. Un vestito alla moda per me? Un vestito che non pizzica.

131

Accordo fra la Fiat e il ministro dell'Ambiente Chiunque Sia. Verrà prodotta un'auto superecologica. Ridurrà le emissioni inquinanti del 20 per cento. E anche di più, se resta in garage.

132

Il premier russo Evgenij Primakov ha escluso l'ipotesi di dimissioni anticipate di Boris Eltsin. Eltsin arriverà al termine del suo mandato, previsto per il giugno del 2000. Sempre che la sua flebo non finisca prima.

133

Completato il restauro dell'*Ultima Cena* di Leonardo. Molti esperti erano contrari. Temevano che i restauri facessero apparire i numerini sotto le zone di colore.

134

Scoperta in Kenia la donna più vecchia del mondo. Ha centocinquant'anni. Ne avrebbe duecento, ma se ne è tolti cinquanta perché si sente ancora una ragazzina.

135

Quest'anno il mese di luglio arriverà con un secondo di anticipo. Tutte le agende sono da buttare.

136

Approvato in America un vaccino contro l'AIDS. I repubblicani sono dispiaciuti. Non sono riusciti a incriminare Clinton, e adesso va in fumo anche il piano B.

137

Milano di questi tempi è più sicura di quanto non lo sia mai stata. Pertanto, pericolosissima.

138

È febbre da fusione nel mondo delle banche. Le banche piccole sono destinate a scomparire. Qual è il segno che la tua banca ha dei problemi? Ti regalano calendari un mese alla volta.

139

Cinema. Svelata la trama del nuovo film di James Bond, *Il mondo non è abbastanza*. In questo nuovo film, 007 finisce dallo psicanalista per una grave forma di depressione dopo aver scoperto che trent'anni fa era Sean Connery e adesso invece è Pierce Brosnan.

140

Ho visto in videocassetta *Godzilla*. Deludente. Nei primi piani, sulla zampa del mostro si legge la scritta Mattel.

141

E spesso si vedono gli animatori nel sedere di Godzilla.

142

Il presidente della Camera Luciano Violante ha bloccato l'aumento di stipendio ai deputati. Sono d'accordo. Bisogna prima insegnargli il valore dei soldi.

143

Sono molto affezionato a Pete e Alleluja, i miei pescioli-ni rossi. Oggi sono nervosi perché è due mesi che non faccio sesso. Non farei mai sesso con loro. Ma loro non lo sanno.

144

Sanremo: più che un festival della canzone, un premio alla mancanza di talento degli altri.

145

Alta moda a Roma. Proteste degli animalisti contro i pantaloni in pelle di coccodrillo. Hanno ragione. Siamo l'unica specie al mondo che ricava accessori griffati da parti di altri animali. Avete mai visto del plancton con una borsetta di fitoplancton?

146

In un'intervista al «New York Times», Bill Clinton ha detto che è molto probabile che un gruppo terroristico lanci un attacco batteriologico contro gli Stati Uniti. Bill, è già successo. Si chiama McDonald's.

147

Jerry Hall ha chiesto il divorzio da Mick Jagger perché questi avrebbe messo incinta una giovane modella. Jagger nega la paternità, ma i medici che hanno eseguito il test del DNA hanno dichiarato di non aver mai visto prima d'ora un DNA con le labbra così grandi.

148

Finanziamento pubblico alle scuole private. Sono contrario. Ho un ricordo terribile dell'asilo delle suore. Ogni giorno ci portavano in una stanzetta e dovevamo cercare di riprodurre Dio con il pongo.

149

Dal prossimo anno si passerà all'euro, ma la confusione fra la gente è notevole. Ieri ho sentito una signora al supermercato che diceva a un'amica: «Sono disperata per questa faccenda dell'euro. Tutta l'Europa passerà all'euro. Io non lo so parlare, l'euro».

150

Scandalo del lotto. A Milano l'estrazione era truccata. I primi sospetti qualche mese fa, quando ci si è accorti che l'estrazione era controllata dalla Guardia di Finanza.

151

Presentata alla stampa la nuova Ferrari F399. È un'auto rivoluzionaria. Finalmente i meccanici della Ferrari hanno capito perché sono vent'anni che la Ferrari non vince un mondiale. Il freno a mano era tirato.

5 fatti poco noti

Questa sera sono di ottimo umore.
Grazie alle medicine che prendo.

5 scuse del pilota americano che causò la strage del Cermis

5. «Volevo prendere un po' di ghiaccio per il mio scotch.»
4. «Ho agito in fretta per evitare una funivia che mi stava venendo contro.»
3. «Avevo già fatto altre stragi e non se n'era mai accorto nessuno.»
2. «Certo, ho fatto una strage. Cos'è, adesso un ragazzo non può avere un hobby?»
1. «Venivo da destra.»

5 fatti poco noti sul presidente Scalfaro

5. Se immagazzina cibo nelle sue guance può stare sei mesi senza mangiare.
4. L'80 per cento del suo corpo è coperto da tatuaggi coreani.
3. Nella trilogia di *Guerre stellari* era l'attore dentro il costume di Chewbacca.
2. Da tre anni è campione seniores di snowboard.
1. È il vero motivo del divorzio fra Al Bano e Romina.

5 bugie che diciamo ai nostri ospiti

5. «Non si preoccupi. Ci sono ancora un sacco di spettatori alle 23.45.»
4. «La facciamo venire a Milano in autobus così avrà più storie divertenti da raccontare.»
3. «Daniele ha visto il suo ultimo film e gli è piaciuto.»
2. «Daniele ha visto il suo ultimo film.»
1. «L'abbiamo invitata perché lo desideravamo da tanto tempo, e non perché i nostri altri ospiti hanno dato forfait all'improvviso ed eravamo disperati, Amanda.»

5 parole che non vuoi vedere in un menu

5. Siringa.
4. Topo.
3. Infetto.
2. Cisti.
1. DNA.

5 buoni motivi per non guardare Barracuda

5. «Sorrisi e Canzoni» ci segnala con un teschio e ossa incrociate.
4. Questo show è la versione triste delle previsioni del tempo.
3. Questo show è liberamente ispirato alle drammatiche vicende dei seni di Martina Colombari.
2. Durante la pubblicità, Italia 1 manda già in onda il promo del programma che ci sostituirà.
1. Zzzzzzzzzz.

5 cose che il Papa vuole fare in occasione del Giubileo

5. Spostarsi non più con la Papamobile, ma con la Batmobile.
4. Scrivere una nuova enciclica intitolata *Come miagolare*.
3. Fare un esorcismo a Fiorello.
2. Cambiare nome da Giovanni Paolo II a L'Artista Un Tempo Conosciuto Come Papa.
1. Basta cattolicesimo, sì alla Playstation.

5 motivi per cui è bello essere anziani

5. Puoi trovare tutti i biglietti omaggio che vuoi per i concerti di Nilla Pizzi.
4. Se capiti per sbaglio a un concerto di Carmen Consoli non hai bisogno di andartene, ti basta spegnere l'Amplifon.
3. L'INPS fra vent'anni sarà al collasso e non te ne può fregare di meno.
2. Quando guidi puoi dimenticarti la freccia accesa quanto vuoi.
1. Puoi dire un sacco di cavolate nel tuo discorso di capodanno.

5 nuovi slogan Alitalia

5. Siamo una Prinz con le ali!
4. Abbonatevi al nostro programma «Millemiglia sott'acqua».
3. Champagne gratis quando precipitiamo.
2. I bambini adorano i nostri scivoli d'emergenza gonfiabili.
1. Se vi piace mangiare carne umana sulle Ande, siamo quello che fa per voi.

5 indizi che lavorate in una pessima azienda

5. Mettete la foto dei vostri familiari sulla scrivania e loro smettono di sorridere.
4. Il telefono aziendale è: due lattine vuote unite da una corda.
3. Cominci a rimpiangere il periodo in cui lavoravi a Mediaset.
2. Ogni giorno il vostro cubicolo personale si suddivide in quattro cubicoli più piccoli.
1. La chiave del cesso è appesa al collo di Dario Argento.

5 indizi che non vincerai Sanremo

5. La tua unica esperienza musicale è stata quella volta che ti si è incastrata la lingua dentro il lettore CD.
4. Tutte le tue canzoni d'amore contengono le parole «intolleranza al lattosio».
3. I negozi di dischi tengono i tuoi CD nella sezione «Robaccia inascoltabile».
2. Le tue «coriste» sono un branco di cani randagi che abbaiano.
1. Il tuo direttore d'orchestra è Vince Tempera.

5 buoni motivi per votare al referendum sulla legge elettorale

5. La possibilità di fare un respirone nelle aule della vostra vecchia scuola elementare.
4. È un buon allenamento per quando dovrete votare ai Telegatti.
3. Il divertimento di entrare in cabina, togliersi i panta-

loni e mostrarli ai commissari dicendo: «Ne avete di una taglia più piccola?».

2. Votando vi sentirete personalmente coinvolti quando la nuova legge elettorale farà acqua da tutte le parti.
1. Matite gratis!

5 nuovi slogan per il circo

5. Venite a odorare lo spettacolo!
4. Non portate scarpe a cui tenete.
3. Visitateci prima che lo facciano quelli dell'Ufficio immigrazione.
2. Il nostro trapezista non è poi così bravo, per cui probabilmente vedrete un uomo morire.
1. Popcorn a volontà se venite sbranati da una tigre.

5 profezie poco note di Nostradamus

5. I delfini impareranno a parlare, ma tutto ciò che diranno sarà terribilmente razzista.
4. Scienziati norvegesi creeranno una pianta che risolverà il problema della fame nel mondo. La pianta non ha alcun valore nutritivo, ma una volta adulta è in grado di forzare serrature e rubare il cibo ai vicini.
3. Verrà aperto a Londra il miliardesimo McDonald's. Lo costruiranno dentro un altro McDonald's.
2. L'astrologia acquisterà una nuova credibilità quando la mattina del 15 luglio 3000 alle ore 10.30 tutte le persone nate sotto il segno del Leone, come predetto dall'oroscopo, verranno investite da un camion di uova.
1. L'uomo camperà fino a centocinquant'anni, ma gli ul-

timi ottantacinque anni verranno vissuti fra dolori lancinanti e tanta, tanta disperazione.

5 cose che donne bellissime amano di Daniele

5. Le sue cene romantiche. Da McDonald's. (Cristina Parodi)
4. È favoloso col rossetto. (Miriana Trevisan)
3. Il sesso con lui è fantastico. (Ramona Badescu)
2. È molto ricco. E molto, molto stupido. (Luana Colussi)
1. Mi piacciono i piccoli animaletti che brulicano nelle parti intime di Daniele. (Asia Argento)

5 indizi che a Milano fa troppo freddo

5. Apri il frigo e scopri che i cubetti di ghiaccio hanno il Moncler.
4. Apri il frigo e scopri che ai cubetti di ghiaccio hanno rubato il Moncler.
3. Vieni investito da un teppista e il primo a soccorrerti è un sanbernardo.
2. In Galleria vedi Lucio Dalla con un parrucchino di cachemire.
1. Il vento freddo ha spazzato via tutte le nuvole e così all'orizzonte riesci finalmente a vedere, in tutto il suo splendore, lo smog.

5 titoli scartati per questo show

5. Telemike.
4. La Torre di guardia.

3. Materiale eiaculatorio secco.
2. Vocabolario Zingarelli.
1. Verso la direzione del divertimento.

5 indizi che hai mangiato troppo durante le feste

5. Sali le scale e ti metti a sudare mascarpone.
4. Alla dogana ti chiedono un passaporto per il tuo doppio mento.
3. I tuoi fianchi sono aumentati da 60 centimetri a «Mio Dio! Cosa ti è successo?».
2. Ti guardi allo specchio e vedi Giuliano Ferrara.
1. *Sei* Giuliano Ferrara.

5 indizi che hai una brutta influenza

5. Ti nominano socio onorario della Kleenex.
4. I brividi ti fanno saltare le otturazioni.
3. Tua moglie cuoce le salsicce sulla tua fronte.
2. Il termometro ti si affloscia sulle labbra come fosse di liquirizia.
1. «Domenica in» ti piace.

5 numeri che preferisco da 1 a 10

5. Otto.
4. Due.
3. Sette.
2. Cinque.
1. Sei/Dieci (ex aequo).

5 finali di barzellette sporche

5. «Largo, ragazze. Devo fare i gargarismi.»
4. «Non sapevo servissero anche per la lana.»
3. «Non è una cornamusa, ma non smettere.»
2. «Di chi è questa maionese nella cornetta?»
1. «È il nano che è ventriloquo.»

5 motivi del divorzio fra Al Bano e Romina

5. Gli acuti di Al Bano l'hanno resa completamente sorda da un orecchio.
4. Romina ha scoperto che Bano non è il cognome di Al Bano.
3. Romina continuava a chiedere un aumento della sua paghetta settimanale.
2. Romina ha finito i sedativi.
1. «Per tutta la vita» porta sfiga.

5 indizi che non vincerai le olimpiadi

5. Sei l'unico centometrista a essere sponsorizzato dal Valium.
4. Ti allacci una scarpetta, ti fratturi il piede.
3. Hai tante possibilità di superare il test antidoping quante ne ha Liam Gallagher degli Oasis.
2. Non esiste una gara chiamata «Salto in alto obesi».
1. Lanci il giavellotto, infilzi un torero.

5 cose che Daniele diceva all'orecchio dei suoi ospiti

5. Bella pettinatura. Hai perso una scommessa?
4. Stringimi la mano. Ti sembrerà d'aver vinto qualcosa.
3. Puzzo di uovo marcio perché sono radioattivo.
2. Sono vere?
1. Hai dimenticato i pantaloni.

5 buoni motivi per non comprare questo libro

5. È stampato su carta ricavata dall'abbattimento di sequoie secolari.
4. Se questo libro entra nei bestseller, Daniele sarà incoraggiato a scriverne un altro.
3. È peggio del film che ne verrà ricavato.
2. È infiammabile.
1. Non è interrotto dalla pubblicità. (Oops, scusate. Questo era un buon motivo per comprarlo.)

5 libri poco noti di Stephen King

5. *L'uomo che morì di vecchiaia.*
4. *Eccone un altro che ho scritto in un pomeriggio.*
3. *Il tizio che per sbaglio versò latte scaduto nel suo caffè. Non lo bevve, ma se lo avesse bevuto?*
2. *La parte più paurosa di questo libro è la mia foto in copertina.*
1. *Salve, sono il vostro nuovo vicino di casa, Fabrizio Frizzi.*

Le interviste

Il prossimo ospite è un uomo la cui intera carriera può essere considerata qualcosa di criminale: Paolo Liguori.

Fabrizio Rondolino

DL: Come ha lavorato sull'immagine di Massimo D'Alema?

FR: La politica è come la tv. Se sei molto bravo presenti un programma di terza serata. Se sei bravo ne presenti uno così così. Se sei meno bravo presenti il Festival di Sanremo. Se sei troppo bravo non diventerai mai presidente del Consiglio. Siccome Massimo D'Alema è molto bravo, il problema è stato farlo apparire un po' meno bravo.

DL: Cioè adesso potrebbe presentare il Festival di Sanremo?

FR: Esatto.

DL: Massimo D'Alema dal Papa. È stata una sua idea?

FR: No. Il Papa c'era già prima.

DL: Sua moglie l'ha descritta come un maniaco del sesso, un vero maiale. Lei si è mai infilato un criceto su per il sedere?

FR: No.

DL: Lo consiglierebbe a D'Alema come mossa per avvicinarsi alle masse?
FR: No. Abbiamo i verdi.

Amanda Lear

(*Amanda dice che il suo sogno è avere un figlio.*)

DL: Tu hai le ovaie?
AL: Che cosa ha il mio fisico che non va? I miei organi sono a posto.

DL: Come vorresti farlo il parto? Naturale, con l'epidurale, in acqua?
AL: Naturale.
DL: Col parto in piscina dicono che la donna sia più tranquilla e rilassata. Io dico: può darsi. Certo non saranno così rilassate le altre persone che fanno il bagno nella piscina.

Paolo Liguori

DL: La prima volta che ti ho visto in televisione ho pensato: "Dio mio, devo delle scuse a Emilio Fede!".

Giuliano Ferrara

DL: L'ho incontrata qualche anno fa a Roma in via della Scrofa. Era incredibile.
GF: È riuscito a passare?

DL: Era come se lei mi venisse incontro da diverse direzioni contemporaneamente!
DL: Lei quanto pesa?
GF: 175 chili cinque giorni fa.
DL: Mi preoccupo per il suo cuore affaticato.
GF: Infatti ho delle aritmie. Però in qualche modo alla fine l'inevitabile accade. Anche ai magri.
DL: Il più tardi possibile, giusto? Io mi sto toccando, in questo momento.
GF: L'inevitabile accade. Anche ai magri.

DL: Come va in bagno?
GF: Be', c'è una tazza...
DL: Uno pensa: "Non si vede".
GF: No no, come sarebbe a dire non si vede? Si vede, si vede.

Cesare Ragazzi

DL: La calvizie è un problema così grave? Va di moda il cranio rasato. Può essere occasione per battute. Se una ragazza mi dicesse: "Sei calvo?", io le risponderei: "Non sono calvo. È il mio nuovo cappello di carne".

Beppe Severgnini

DL: È un vero piacere averti qui.
BS: (*Al pubblico*) Volete sapere che cosa dice nelle orecchie?
DL: No! Non si può dire. È un segreto.

BS: Dice: «Aiutami almeno tu. La verità è che punto al Quirinale».
DL: Ho delle chance secondo te?
BS: No. Scioglieresti le Camere con l'acido e per il discorso di capodanno i bambini dovrebbero andare a letto alle otto.

DL: Hai avuto un'infanzia agiata. Com'era la tua cameretta?
BS: Abbastanza grande per farci stare mia sorella quando è arrivata. Non avevo nessun particolare morboso tipo coniglietti o fatine. Una cameretta piuttosto normale.
DL: Quando ti sei masturbato la prima volta eri in questa cameretta?
BS: No. Se non sbaglio ero... Fammi pensare...
DL: Avevi foto di pin-up su cui fantasticavi? Giornalini porno che nascondevi sotto il letto?
BS: No, no.
DL: Vuoi dire che la prima volta che ti sei masturbato è stato cinque minuti fa dietro le quinte?

Fausto Bertinotti

DL: Che cos'è il comunismo?
FB: Una grande storia per liberare le donne e gli uomini da ogni condizione di sfruttamento e di alienazione.
DL: Glielo chiedo perché per mia zia il comunismo è finito quando hanno sparato a Gei Ar.
FB: Non ha tutti i torti. Se Gei Ar le diceva qualcosa non ha tutti i torti.

DL: C'è un paradosso nella sua attività. Lei lavora per migliorare le condizioni del proletariato. Quando, però, il proletariato migliora le proprie condizioni di vita diventa piccola borghesia e poi media borghesia, dopodiché magari smette di votare Rifondazione. Quindi è come se lei stesse lavorando per la sua estinzione. Si rende conto di questo paradosso?

FB: Non c'è paradosso. È dimostrato che quando le condizioni di vita migliorano davvero, la gente si sposta a sinistra. Penso all'Italia fra il '68 e il '75.

DL: A volte la base di sinistra resta sconcertata dalle prese di posizione dei vari leader. Per esempio quando siete usciti dal governo Prodi. Pensai: «Bisogna dare atto a Bertinotti che ha saputo ridare magia alla sinistra. E questa magia è la stessa magia del cinema: un insieme di immagini ferme che danno l'illusione del movimento».

FB: Immagini ferme... Be', io penso che saremmo stati più fermi seduti sulle poltrone del Governo. Uscendo, qualche movimento l'abbiamo fatto.

DL: Non sarà che la realtà è più duttile e il comunismo non è adatto a risolverne i problemi?

FB: Non tutti i problemi sono alla portata del comunismo. Penso, per esempio, che la felicità verso cui tende il comunismo non sia alla sua portata. Perché poi c'è un tanto che dipende dagli individui. Il comunismo può essere la premessa perché ci sia la felicità. Ma non è la possibilità di garantire a tutti la felicità.

DL: Che cosa c'è dopo il comunismo, allora?

FB: Non lo so. Già mi piacerebbe sapere meglio che cos'è il comunismo.

Asia Argento

DL: A volte le persone danno ai propri organi genitali un nomignolo. Per esempio io il mio lo chiamo Gordon. Tu come lo chiami il tuo clitoride?
AA: A volte lo chiamo Clit.
DL: Clit.
AA: «Toccami il mio clit. Lo sai toccare bene il clit?»

DL: Hai qualche hobby?
AA: A volte dico «sticazzi».
DL: È una tua filosofia.
AA: Sì. Lo sticazzismo.

Emilio Fede

DL: All'epoca della guerra del Golfo lei diede per primo la notizia. Io ero in un programma e stavo commentando in diretta questa cosa e dissi: «Emilio Fede sta avendo un orgasmo». Sta per scoppiare una nuova guerra in Kosovo. Lei è già in erezione?
EF: Uuuh!

DL: In un'intervista lei disse di voler essere sepolto nella cappella privata di Berlusconi.
EF: Nel mausoleo. «Cappella» può essere equivocato.
DL: Sepolto nel mausoleo di Berlusconi. Ho pensato: "Giusto. Se Fede compra un loculo, i prezzi dei loculi vicini subito si dimezzano".

DL: In un mio monologo io la difesi. Dissi: «Emilio Fede è generoso. "Quando morirò" ha dichiarato "donerò i miei organi a Mediaset"». Uno del pubblico urlò: «Non tutti. Uno gliel'ha già venduto».

Giobbe Covatta

DL: Hai girato questo film in Africa. *Muzungu*, cioè «uomo bianco». Quanto sono durate le riprese?
GC: Dieci settimane. Nel deserto.
DL: E come è stata l'esperienza?
GC: Una bellissima esperienza. Certo la sera non andavamo al cinema, ma... Insomma, siamo stati bene. Eravamo trentasei bianchi e un'intera tribù di uomini neri. La sera si giocava a carte...
DL: Che tribù era?
GC: I Poqot.
DL: Che vuol dire?
GC: Vuol dire «Bergamaschi». Non lo so.

Alba Parietti

DL: Tu sei una donna di sinistra. Non credi che la chirurgia plastica faccia un po' fascio?
AP: Sai che non ci ho mai pensato? Chi c'era di rifatto nel mondo fascista?
DL: È della destra l'ideale del superuomo...
AP: Ho capito che ho molte attitudini maschili, però non sono ancora un superuomo...
DL: È vero, però c'è l'astrazione, l'ideale di perfezione. Non è forse più di sinistra accontentarsi?
AP: Diciamo che è poco umile farsi una plastica. Io sono poco sicura di me, sono una narcisa, una vanitosa. Ma ho scoperto che ci sono un sacco di uomini di sinistra che sono dei narcisi. Una volta dissi a D'Alema...
DL: Uno a caso.

DL: Tu perché sei famosa?
AP: Me lo chiedo spesso anch'io.

Dario Ballantini

DL: Da piccolo sapevo imitare il subconscio di Mike Bongiorno.

DB: E come facevi?

DL: Niente. Stavo lì zitto.

Nero

Benvenuti a Barracuda*, il talk show liberamente ispirato a una novella di Cechov. Ho una confessione da farvi: le mie foto nude su Internet sono un po' ritoccate.*

Dieci casi per il commissario Macchi

4. Il caso del week-end assolato

Il commissario Macchi stava guidando la sua Smart lungo una statale trafficatissima quando improvvisamente frenò causando una serie di tamponamenti a catena in tutte le corsie. Gli era parso di vedere nel fossato il corpo parzialmente decomposto di una donna di cinquant'anni che indossava una camicia bianca aderente in crêpe di viscosa con colletto a uomo annodata in vita e gonna longuette plissettata con abbottonatura anteriore (Marc Jacobs). La fronte abrasa dal lattice nero di un copertone Yokohama, la donna non aveva più bisogno di aiuto. Macchi la osservò a lungo. Quella donna gli piaceva: la gonna, la borsetta, l'acconciatura. L'intera Gestalt. Vicino a lei, un cartello autostradale appaiava due frecce sopra la scritta «Quali di queste due frecce è più lunga?». Dopo un'ora di indagini, Macchi scoprì che la donna era Tiziana Mondardini, lavorava in un museo d'arte moderna e viveva sulle colline a nord della città. Macchi fece un salto al museo. Il guardiano del museo, un italoamericano di nome Clark Bagle, indicò in Nicola Passetto, un commerciante di tessuti con l'hobby dell'allevamento di topolini, un amico intimo della defunta. Macchi prese il custode per il bavero e gli disse: «Suppongo che lei non ci possa fare niente, ma i vostri Monet sono deboli».

BAGLE: Lei s'intende di arte?

MACCHI: No, ma so quello che si crede mi piaccia.

Raggiunto nel suo laboratorio, Passetto affermava di aver accompagnato in centro la Mondardini quella mattina stessa, e avvalorò questa dichiarazione prendendo un topolino per la coda e facendolo schioccare in aria come fosse una piccola frusta. Macchi lo condusse sul luogo del fattaccio. «Ecco un bell'argomento di conversazione, Passetto. Dica qualcosa.» Passetto si proclamò stupito che la Mondardini non avesse gli occhiali, e suggerì che l'impatto con l'auto doveva averglieli fatti volar via. Macchi, grato di tale suggerimento, alzò gli occhi al cielo. «Nel bel mezzo del caos, Passetto, lei è la limpida voce della ragione. Cascella, emettilo.» L'inchiesta era conclusa. La donna infatti non era stata travolta da un'auto o uccisa lì.

? *Come faceva Macchi a saperlo?*

Soluzione – Il caso del week-end assolato

Ehi, dico! Avete idea di quanto ci metta un cadavere a decomporsi anche solo parzialmente? Non certo poche ore. Inoltre la gonna plissettata di Marc Jacobs fa parte della collezione autunno-inverno del prossimo anno. Chi ha ucciso la donna voleva postdatare di molto il delitto. E poteva farlo solo una persona inserita nel mondo della moda: Monet! Macchi si ristorò in trattoria. «Il signore desidera?» gli domandò il cameriere arrivando dopo una giornata.
«Grazie, credo che salterò l'antipasto. Ho mangiato i fiori.»

«E allora che cosa le porto?»
«Un piatto del vostro formaggio più affidabile.»
«Niente di cotto?»
«Non mi fido delle trattorie che hanno una Citroën abbandonata in cucina. Mi chiami il cuoco.»
«Sono sempre io.»
«Qual è il suo stile?»
«Non seguo mai ricette. Apro un po' di scatolette e aspetto l'ispirazione.»
«Se ordinassi un secondo difficile?»
«Consulterei la tavola periodica o il mio avvocato.»
«Mi porti un'arancia.»
«La sbuccia con le mani?»
«Non sono un fifone.»
«Le porto l'arancia e un coltello. Ma lei mi sottovaluta» disse infine il cuoco, staccando una pizza dal soffitto.

5. Il caso La Claque

«Ehi! Cosa... cosa sta...»
«Dammi la chiave della cassetta dei gioielli e continua a camminare verso il cesso» ordinò il giovanotto di colore che era entrato in silenzio nella suite dell'attore Pierre La Claque. «N-n-non mi uccida, la prego. Mi devo ancora struccare.» La Claque era terrorizzato.
«Dammi la chiave, coglione» disse fra i denti il negro colpendolo più volte al busto con una chiave inglese.
«Smettila di picchiarmi, cretino. Ehm, voglio dire, signore. Ho l'ulcera, una spalla operata, un triplo by-pass, l'ernia del disco e sono stato scambiato alla nascita!»
«Ma che storia commovente» disse il negro continuando l'opera di demolizione. «Quasi mi dispiace di aver preso un antidepressivo. Me la dai questa chiave, sì o no?»
«Dica "per favore".» *Bonk*! La Claque sputò la chiave.

«Bravo. E ora dentro il cesso. Comunque sei un grande attore.»

«Davvero? DAVVERO?»

«No.» *Bonk*!

(*Fischiettate qualche nota dell'*Internazionale *per indicare il passaggio del tempo.*)

«E così naturalmente ho fatto come diceva lui» disse La Claque al commissario Macchi. «Ho anche visto un altro uomo che entrava nella suite. Portava un cappello e aveva un fazzoletto sulla faccia. Quando la cameriera mi ha slegato un'ora dopo, i miei gioielli non c'erano più. Per favore me li ritrovi. Per favore!» Macchi gli allungò uno scappellotto. «Questo non era necessario» disse La Claque. «Lo so» disse Macchi. Analizzando il registro dell'hotel e interrogando i dipendenti, Macchi ridusse a tre gli indiziati: Berto Ciacci, Berto Succi e Berto Berti. Uno dei tre doveva essere il negro che aveva forzato La Claque nel cesso; uno doveva essere il complice; uno doveva essere il dipendente dell'hotel che aveva suggerito il furto agli altri due. Le sole altre informazioni in possesso di Macchi erano le seguenti: a) Berto Ciacci aveva prenotato l'albergo da Tredozio, un paesino sopra Forlì; b) Berto Succi e il negro, entrambi biondi, erano stati in prigione a Londra per furto di gioielli e ricatto; c) la cameriera quel giorno aveva le sue cose; d) Berto Berti era stato campione di Dao Te Kuan, un'arte marziale identica al karate, solo che la divisa è un costume da Babbo Natale. Berti disse a Macchi: «Nel caso si stia domandando se...».

«Si rilassi» tagliò corto Macchi affacciandosi alla finestra «non mi sto domandando niente.»

Nel giardino pubblico, un bambino stava abbattendo aeroplanini di carta con la sua pistola ad acqua.

? *Chi era il negro?*

Soluzione – Il caso La Claque

Dato che solo il colpevole poteva sapere che il furto era stato commesso da un negro, e dato che solo La Claque lo sapeva, il negro era La Claque. Vi direi mai una bugia?

6. Il caso del *gangsta rapper*

Il commissario Macchi prese dal lavandino il rasoio insanguinato e ne esaminò la lama. C'erano due indentature. Mongiusti e Cascella inciamparono nel corpo nudo di Ace Cubase. «Bravi. L'avete trovato» disse Macchi, e si accovacciò per studiarne il taglio sulla gola che si estendeva da orecchio a orecchio. Erano evidenti i segni delle indentature. Il cadavere indossava un calzino color plaid. Anche i capelli del cadavere erano color plaid. Appallottolato nella mano sinistra, un foglietto con una lirica rap. Il dottor Semprini annusò un'ampollina che era vicino al corpo. «Crack» disse cominciando a volare per la stanza. Il commissario Macchi tornò in soggiorno. «Lisa B., la nostra cantante, si è fermata qui con me e con Ace per un piccolo party dopo il concerto» spiegò il leader del gruppo, Lucky «Jook» Ferzetti. «Ace era la nostra *drum machine,* il maharajah dell'Alesis SR16. Finito lo spino si è ritirato in camera. Dopo un quarto d'ora sentiamo un tonfo dal bagno. Apriamo la porta e... Eeeech! È stato orribile! Ho chiuso la porta e vi ho telefonato.»

«C'era fumo nel bagno?»

«Sì, una nuvoletta di crack. Ace si faceva di crack.»

«Ha sofferto molto?» chiese Lisa B. squadernando i seni.

«Non credo» replicò il dottor Semprini riferendosi al taglio sul collo. «In certi casi la vittima vive abbastanza a lungo da compiere gesti incredibili» e qui guardò Macchi «ma Ace è senz'altro morto prima di toccare il pavimento.»

«È un omicidio» disse Macchi. «Siete entrambi in arresto.»

Qualcuno suonò alla porta. Era un linfatico solubile con i pantaloni cuciti alla camicia. «Salve. Sono Ettore E. Ettore il vostro vicino di casa. Il mio analista mi ha detto che devo trovarmi nuovi amici e così eccomi qua. Sto usando un nuovo tipo di antipsicotico. I topi in laboratorio si impiccavano, ma con me funziona. Per esempio non ho più la fissa di volere il tuorlo esattamente al centro delle mie uova in padella.» Mongiusti e Cascella lo scortarono contro un lampione, più e più volte.

? *Quale indizio prova che i due rapper hanno ucciso Ace?*

Soluzione – Il caso del *gangsta rapper*

La lirica rap nel foglietto diceva: «Sono stati loro due / Sono stati loro due / Sono stati loro due / Sono stati loro due».

Terzo blocco

Restate con noi. Abbiamo un sacco di gente piena di talento, questa sera. E anche qualche ospite.

CI SCUSIAMO PER IL PROGRAMMA.

L'INTERRUZIONE VERRÀ RIPRESA
IL PIÙ PRESTO POSSIBILE.

Le mie ex

Sono molto affezionato a questi due pesciolini. Me li regalò una mia ex fidanzata, Barbara Farmoplant. Adoravo la sua ingenuità. Un giorno le chiedo: «Posso baciarti?». Lei ci pensa su, poi mi fa: «Devi darmi il tempo di riflettere, Daniele. In fondo ci conosciamo solo da un anno». Le dico: «È questo che l'amore significa per te? Anguste, piccole, meschine convenzioni borghesi? Assurde barriere che tengono separati due cuori che si amano? Ti credevo più fine di così!». «Sì,» mi fa lei «ma il fatto è che non sono quel tipo di ragazza. Fra l'altro mia madre mi ha detto che non devo farlo. Inoltre l'erba è bagnata. E comunque diecimila lire non bastano.»

La placai con un biglietto da centomila. Facciamo l'amore. E me ne dà novantotto di resto.

SABRINA

Somigliava a Winona Rider. L'ho lasciata quando ho scoperto che stava con me solo perché odiava se stessa.

KELLY

Faceva l'ipnotista. Un giorno cercò di ipnotizzarmi, ma non ci riuscì. E glielo ricordo tutte le volte che vado a casa sua a pulirle il pavimento con la lingua, cioè ogni giovedì.

TAMARA

Odiava traslocare, perché quando traslocava poi doveva andare a cambiare il suo numero di telefono in un sacco di toilette.

NICOLETTA

Aveva il vizio del fumo. Fumava una sigaretta ogni dieci anni. Non riusciva a smettere.

TIZIANA

Mi diceva sempre: «Se mi lasci m'ammazzo!».
Così l'ho lasciata. L'altro giorno l'ho incontrata di nuovo,
le ho detto: «Ehi, credevo avessimo un accordo!».

Fotoquiz

Se risponderà esattamente vincerà questa lattina di barracuda sott'olio. È contento? Non dovrebbe. Quello che fanno al barracuda prima di metterlo in lattina è qualcosa che avrebbe fatto impallidire Himmler.

? Qual è il segno che l'Ulivo sta per disgregarsi?

! Prodi si è innamorato di Yoko Ono.

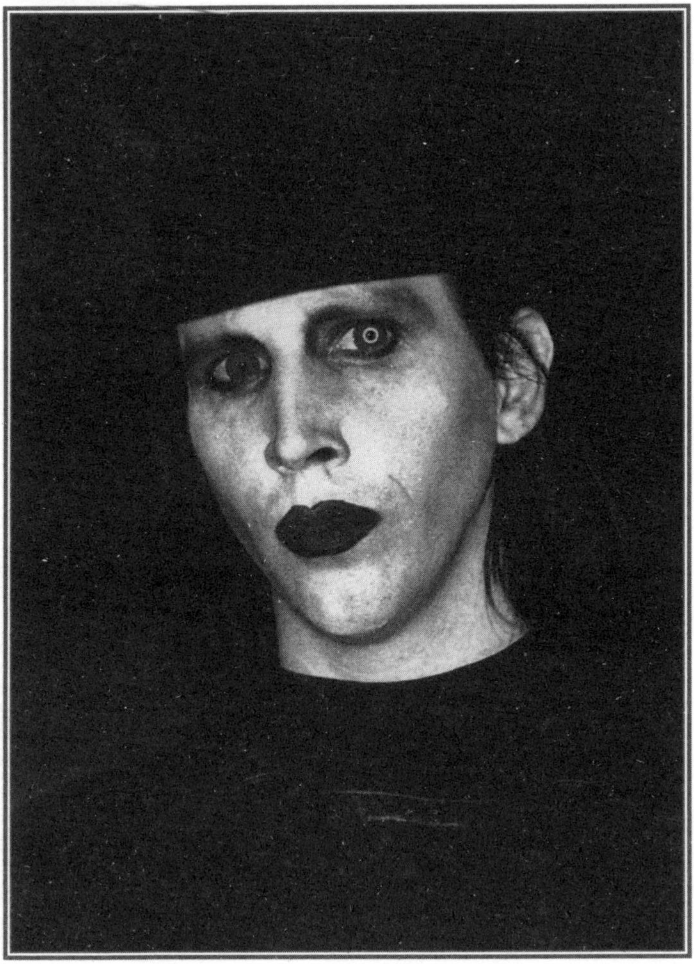

(Foto Olimpia)

? Questa è la foto di un cantante famoso. Che cosa dimostra?

! Che la plastica di Michael Jackson si è spinta troppo oltre.

(Foto Omega / Ferretti)

? La Samp quest'anno va male. Qual è il suo problema?

! I giocatori della Samp lasciano il campo dieci minuti prima della fine della partita per evitare il traffico del rientro.

? Perché i dinosauri si sono estinti?

! Perché avevano le braccine corte. E denti enormi. Non riuscivano a usare il filo interdentale. Sono tutti morti di carie.

? Qual è la prova che Beethoven era davvero sordo?

! Credeva di essere un pittore.

? Secondo gli astronomi il nuovo pianeta scoperto nella Via Lattea è simile alla Terra. Perché?

! Trovarci un taxi quando piove è praticamente impossibile.

? Stando a un recente documentario di «Quark» quante ore al giorno dormono i leoni?

! Diciotto ore. E anche di più, se guardano «Quark».

? Alcuni giornali sostengono che la modella Cindy Crawford stia aspettando un bebè. Che prova hanno?

! Cindy sta mangiando per uno.

? Dopo l'ultima plastica quanto sono diventati grandi i seni di Pamela Anderson?

! Adesso hanno una propria atmosfera.

? Qual è l'indizio che la vostra vita in realtà è uno show tv?

! Da piccoli eravate interpretati da due gemelli.

I libri della settimana

Raramente in questo programma abbiamo avuto storie di incesto, droga, molestie sessuali, coprofagia e necrofilia. Questa puntata non fa eccezione.

1. *101 modi di cuocere la candeggina*

2. *Kamasutra per uno*

3. *Strani rumori che fa il corpo di papà*

4. *Orifizi!*

5. *Cinque facili tappe per ridurre tutti i problemi umani a una formula semplicistica*

6. *Se vuoi perdere peso smetti di mangiare, cicciona*

7. *Come sedurre le donne col gorgonzola*

8. *A chi telefonare quando vi mettono dentro per schiamazzi notturni col banjo*

9. *Cinquanta fastidiose infezioni rettali che puoi legalmente attaccare a Valeria Marini*

10. *Pettinarsi con la chemio*

11. Artrosi! *Il musical*

12. *Mille cose che può farti fare un seno*

13. *Come appuntire un panda*

14. *È probabile che vostra sorella sia piena di merda*

15. *Ricette per adoratori di Satana*

16. *La lista completa degli effetti personali di chiunque*

17. *Ottocento celebrità morte di cui nessuno sente la mancanza*

18. *Guida Michelin ai ristoranti italiani in cui i camerieri sputano nel piatto*

19. *Posti in cui mi si è incastrata la testa*

20. *La meravigliosa storia del cemento*

21. *Versailles vista dalla Svezia*

22. *Come fai a sapere quando è ora di accordare una cornamusa*

23. *Gandhi a Las Vegas*

24. *Cose che i ricchi hanno e che tu non avrai mai*

25. *Come addormentarsi ovunque*

26. *Almanacco del pus*

27. *Viva la viscosità!*

28. *Dieci vie che nessuno riesce mai a trovare*

29. *Perché gli impiegati delle poste sono sempre così scocciati*

30. *Quando, quando finiranno le domande retoriche?*

31. *Come rimuovere il chewing-gum dal tuo boschetto*

32. *Siete tutti malati*

33. *Dove nascondere una caccola enorme*

34. *Riorganizza il tuo collo*

35. *I miei genitori sono fratello e sorella*

36. *La riproduzione sessuale della polvere di casa*

37. *Come ricavare liquirizia dal tartaro*

38. *Ci sono piccole persone nella mia saliera*

39. *Qualcosa che è talmente simile a un libro da essere praticamente indistinguibile da esso*

40. *Un'occasione sprecata per parlare d'altro*

41. *Come raggiungere una serenità intensa con lo yogurt di piccione*

42. *Sudare in modi inappropriati*

43. *Quarantatré pietanze a base di anguille elettriche*

44. *Toccami un'altra volta e sono guai*

45. *Canali irrigui*

46. *Diventare ricchi frantumando cracker fra le scapole*

47. *Sei troppo bella per un uomo solo, così ho portato mio fratello*

48. *Manuale di circoncisione temporanea*

49. *Otto zollette, grazie*

50. *Ragnatele di inerzia istituzionalizzata*

Nero

Stavo camminando in centro, quando trovo un portafoglio.
Dentro c'erano duecentomila lire. Avrei preferito tenermele
invece che restituirle, ma poi mi sono chiesto:
«Se avessi perso io queste duecentomila lire
come mi sentirei?». E ho capito che avrei voluto
che mi si impartisse una lezione.

Dieci casi per l'ispettore Macchi

7. Il caso dell'errore madornale

Il commissario Macchi completò l'esame della stanza. Tutto era come avrebbe dovuto essere. Tranne il cadavere e il sangue sulle tende. Questi, in effetti, erano strani. O lo era l'arredatore. Sopra il caminetto, la riproduzione al neon dell'*Ultima Cena* di Leonardo da Vinci era spenta. Macchi si rivolse al ballista seduto in poltrona, un benzinaio che negli anni Settanta faceva lo stallone nei film porno. Per questo, se è soprappensiero, a volte mentre fa rifornimento gli capita di sfilare la pompa e spruzzare la benzina addosso all'auto. «Ieri sera mia moglie mi aveva chiesto di controllare da dove venissero alcuni rumori sospetti» esordì quello, ignaro di avere il parrucchino storto. «Non è un parrucchino. *Sembra* un parrucchino. Che è quasi peggio che averne uno. Comunque, uscii di casa e non notai nulla di particolare, a parte il paesaggio al contrario. Pensai a uno scherzo di Ettore E. Ettore, un nostro vicino di casa con problemi di equilibrio neurochimico. Ci coricammo verso l'una.

Poco dopo venni svegliato da qualcuno che parlava sottovoce. Aprii gli occhi e vidi una figura in piedi davanti alla finestra. Afferro la pistola sotto il cuscino, sparo all'impazzata fino a vuotare il tamburo, accendo la luce e s'immagini il mio sgomento quando vedo mia moglie a terra, morta.»

«Eh, sono seccature. Scusi se interrompo il suo discorso noioso, signor Selleri...» disse Macchi.

«Prego. Mi stavo annoiando anch'io.»

«Dottor Semprini?»

«Le sei pallottole sono entrate tutte dallo stesso foro sulla schiena, e sono tutte uscite dallo stesso foro sotto la mammella sinistra dopo aver attraversato il cuore. La morte è stata pressoché istantanea» disse il patologo.

«Ha toccato niente, oltre al cadavere, dottore?»

«No.»

«Mongiusti, hai toccato niente?»

«No. Ehi, guardi la strada, capo. Sembra scomparire all'orizzonte.»

«È un fenomeno chiamato prospettiva. Cascella, hai toccato niente?»

Cascella fece cenno di no.

«E lei, Selleri?»

«Perché? Cioè... Il telefono. Poi ho sentito così freddo che ho acceso il fuoco nel caminetto.»

Macchi si versò un bicchierino di Maalox scotch whisky.

«Mai avuto problemi con sua moglie, Selleri?»

«Non più, da quando sono giunto alla conclusione che il nostro matrimonio era legato all'andamento dei titoli Olivetti. Una volta andai da una di quelle maghe che predicono il futuro guardando nella palla di vetro. La palla esplose. Certo mi vengono i brividi se penso che ho sposato mia moglie solo perché me l'aveva chiesto.»

«Un delitto davvero cretino, Selleri» disse Macchi aprendo la finestra per fare entrare un po' d'aria e un pipistrello.

«Cascella, mettigli i ceppi. E mettili anche a Selleri.»

? *Perché?*

Soluzione – Il caso dell'errore madornale

Fosse stato davvero un incidente come sostiene Selleri, i proiettili uscendo dal cuore avrebbero infranto il vetro della finestra. «Ah, già. Ho anche cambiato il vetro alla finestra quando ho capito da dove entrava tutto quel freddo» confessò Selleri. Macchi dovette rilasciarlo. Più tardi qualcosa attirò la sua attenzione. «Mongiusti! Che diavolo stai facendo?»

«Sto tenendo un limone a mezz'aria per catturare neutrini.»

«Giusto.»

8. Il caso dei gemelli sovversivi

«Qualcuno dei più vecchi qui ricorderà Fonso Casadei che si è diplomato alla scuola di polizia qualche anno fa» disse il commissario Macchi ai suoi allievi. «Adesso Foni è un agente speciale dei Servizi. Di recente ha avuto un'esperienza che sono certo vi interesserà. Fonso, sono tutti tuoi.» «Io e il mio collega, Giorgio Donati, abbiamo lavorato come manodopera in nero nelle fattorie dei gemelli Squadrani, entrambi sospettati di attività sovversiva: di recente hanno venduto una zolla di terra per farsi un arsenale atomico che potesse mettere il Liechtenstein in ginocchio. Un giorno i movimenti di uno dei due resero necessario che mi incontrassi con Donati in una località prestabilita. Così quella sera mi feci venire un'emicrania con un utensile, quindi chiesi a uno dei gemelli Squadrani se poteva prestarmi l'auto per andare a prendere qualcosa in farmacia. Quello mi rispose di sì purché pagassi io la benzina. La farmacia era a 15 chilometri dalla fattoria. Squadrani prese nota del contachilometri e mi fece notare che nel serbatoio c'era benzina per 30 chilometri. Non una goccia di più. Questo per me era un problema. Dovevo andare in farmacia per forza, perché Squadrani avrebbe potuto controllare, ma il mio appuntamento con Donati era 8 chilometri più avanti. Se l'auto avesse segnato più di 30 chilometri Squadrani mi avrebbe sgamato. Però dovevo assolutamente incontrare Donati.»

«Fonso è sveglio, nonostante abbia perso la sua verginità su Internet» disse Macchi «e così fu all'altezza della situazione. Comprò il cachet in farmacia, si incontrò con Donati e tornò alla fattoria. Non toccò il contachilometri, eppure, quando Squadrani controllò, quello segnava esattamente i 30 chilometri previsti. Come ha fatto?»

? *Come ha fatto?*

Soluzione – Il caso dei gemelli sovversivi

Fonso coprì la distanza in più andando in retromarcia. I contachilometri non registrano il percorso fatto in retromarcia. Durante la manovra tamponò un camion. Fonso scambiò allora l'auto con quella guidata da Donati, che apparteneva all'altro gemello Squadrani ed era assolutamente identica a quella ammaccata. Fonso truccò il contachilometri di *questa* auto.
«Grazie della storia, Foni» disse Macchi.
«Toglimi una curiosità: come ci si sente a essere i migliori?»
«È dura in cima e pende un po' nel mezzo, ma non mi lamento, commissario.»

«Molto bene. E adesso sapresti dirci la differenza fra un elefante e una sedia a dondolo?»
«Dunque, un elefante è un nodo di capelli avvolto sulla nuca, mentre una sedia a dondolo è la contrazione involontaria di un muscolo.»
«No. Mongiusti?»
(*Scoppia a piangere*) «Non lo so.»
«Almeno ci hai provato. Foni, grazie ancora. Abbiamo apprezzato il tuo...»
«Candore?»
«Candore. E la tua...»
«Professionalità?»
«Professionalità. Un ultimo consiglio ai nostri allievi?»
«La biancheria sbagliata può uccidere.»
«A chi lo dici.»

9. Il caso dei sette

Anastasio Vimodrone della mala di Milano era stato sbriciolato nei coriandoli che poi qualcuno aveva dissipato sulla porta di casa del commissario Macchi in un chiaro gesto di sfida alla polizia. La rete gettata pescò sette tonni: Elia Gregotti, allibratore; Silvano Agnati, secondino in pensione; Rudy Lozza, ex rapinatore di banche; Nuto Bassi, gorilla; Paulo Castro, il gran visir delle slot-machine; Riccardo Nelsen, disoccupato; e Nanni Gozzi, pugile. Interrogati, sei confessarono: il killer era Rudy Lozza.

Lozza invece disse: «È morto qualcuno?» Scena muta di tutti su chi avesse architettato il piano. Grazie a una soffiata, Lozza sfuggì alla cattura. Ma due giorni dopo, un tassista di Riccione rinveniva nel suo taxi il cadavere di Lozza seduto diritto al centro del sedile posteriore, un kriss conficcato nel petto. «Parlò a lungo con una donna davanti alla stazione» disse il tassista al commissario Macchi. «Quindi salì e mi chiese di portarlo all'incrocio sulla via Emilia. In auto sono cinque minuti, ma lui mi chiese di imboccare uno sterrato pieno di buche che ci fece perdere inutilmente mezz'ora. Una volta arrivati, mi accorgo che non mi allunga i soldi. Mi volto e... Commissario, mi creda, non so da che parte sia entrato quel coltello. Ho avvertito la cooperativa e sono venuto qui alla centrale.»

«Com'era la donna?»

«Vistosina.»

Coi giornalisti che premevano con le domande il commissario Macchi fu parco di notizie. Disse solo che:

1) fra i sette c'erano il capobanda e il killer di Lozza;

2) Nuto Bassi aveva un occhio di vetro, ed era mancino come Nanni Gozzi;

3) Castro e Gregotti erano stati in carcere col capobanda e col killer di Vimodrone;

4) Agnati e il killer di Lozza avevano vinto gare di sollevamento pesi;

5) il capobanda, Bassi e Gozzi si facevano la stessa soubrette tv, ma Gozzi era un eiaculatore precoce;

6) Nelsen era un bambino di otto anni;

7) il killer di Vimodrone non era il killer di Lozza.

Il giorno dopo il «Corriere della Sera» dava la notizia dell'arresto del capobanda e dei killer. Accanto, un trafiletto riportava una statistica interessante secondo cui ci sono maggiori probabilità di essere uccisi dal calcio di un mulo che di morire in un incidente aereo. Posso confermare. Avete presente l'ultimo DC9 che è caduto in Spagna? L'aereo è precipitato e tutti i passeggeri sono morti. Travolti da una mandria di muli.

? *Chi era il capobanda? Chi erano i killer?*

Soluzione – Il caso dei sette

Sarebbe stato impossibile per il cadavere di Lozza rimanere seduto diritto dopo che il taxi aveva attraversato lo sterrato pieno di buche. A meno che il kriss non lo avesse infilzato alla poltrona, tenendolo in posizione. Il killer doveva essere robusto. E piccolo, per entrare nel taxi e agire senza che il tassista lo vedesse. Il killer di Lozza era il bambino di otto anni, Riccardo Nelsen; sempre lui aveva vinto con Agnati gare di sollevamento pesi. Dato che né Nelsen (1), né Bassi e Gozzi (5), né Castro e Gregotti (3) erano il capobanda, il capobanda era Agnati. Il killer di Vimodrone non era fra i sette (1). Quindi era la donna vistosa. O qualcun altro. Quanto a Macchi, la sera stessa debuttava in incognito sul palcoscenico dello Zelig.

MACCHI

Sono stato in vacanza a Montreal. Sto camminando quando vedo questa scena: da una parte della strada c'è un clown che fa il giocoliere sui trampoli, con attorno una folla di gente che lo applaude come fosse Gesù tornato sulla Terra. Dall'altra parte, invece, c'è un musicista: uno che suona il sassofono in modo meraviglioso, scale, modi, arpeggi, un nuovo Coltrane. La folla butta un sacco di soldi al clown, il sassofonista ha un piattino con una moneta dentro. Lo vedi che suona dandoci dentro con rabbia, con furia omicida. Niente: la gente preferisce il clown. Quando la musica termina mi avvicino e dico: «Sei forte. Era un pezzo di Coltrane?». «No, era una mia composizione. Se ti interessa puoi comprare questo cazzo di CD.» Lo compro. Sapete come si intitolava il pezzo? *Kevin, il clown che fa il giocoliere sui tram-*

poli. (*Risate, applausi.*) Grazie. Fra tutti gli applausi che ho ricevuto questo è stato il più recente. (*Risate.*) Milano è migliorata ultimamente. I turisti che arrivano a Milano non possono fare a meno di domandarsi: "Ma puzza sempre così?". (*Risate, applausi.*) Diciamo la verità: a tutti piace fare sesso con le minorenni. Per questo c'è una legge. (*Risate.*) Il sesso può essere pericoloso. Quando fai l'amore con una donna, fai l'amore con tutti i partner che la donna ha avuto prima di te. E con tutti i partner che i suoi partner hanno avuto. È drammatico. Se fai sesso con una che è stata con uno che stava con una che stava con te, ti scopi da solo. (*Risate fragorose, applausi.*) Grazie. Avete fatto quello che potevate. Buonanotte. (*Esce, sigla.*)

10. L'ultimo caso del commissario Macchi

Oh, era una banale contravvenzione.

«Barracuda»
di Daniele Luttazzi
Collezione BUM

Arnoldo Mondadori Editore

Finito di stampare nel mese di maggio 1999
presso Arnoldo Mondadori Editore S.p.A.
Stabilimento NSM di Cles (TN)

Stampato in Italia - Printed in Italy